青春文学精品集

快乐是灵动的变奏曲

《语文报》编写组　选编

时代文艺出版社

图书在版编目（CIP）数据

快乐是灵动的变奏曲 /《语文报》编写组选编. --
长春：时代文艺出版社, 2022.3
（青春文学精品集萃丛书. 快乐系列）
ISBN 978-7-5387-6963-0

Ⅰ. ①快… Ⅱ. ①语… Ⅲ. ①散文集－中国－当代
Ⅳ. ①I267

中国版本图书馆CIP数据核字(2022)第021211号

快乐是灵动的变奏曲
KUAILE SHI LINGDONG DE BIANZOUQU
《语文报》编写组　选编

| 出 品 人：陈　琛 |
| 责任编辑：余嘉莹 |
| 装帧设计：任　奕 |
| 排版制作：隋淑凤 |

出版发行：时代文艺出版社
地　　址：长春市福祉大路5788号　龙腾国际大厦A座15层　（130118）
电　　话：0431-81629751（总编办）　　0431-81629755（发行部）
官方微博：weibo.com/tlapress
开　　本：650mm×910mm　1/16
字　　数：135千字
印　　张：11
印　　刷：永清县晔盛亚胶印有限公司
版　　次：2022年3月第1版
印　　次：2022年3月第1次印刷
定　　价：38.00元

图书如有印装错误　请寄回印厂调换

编委会

主　编：刘应伦

编　委：刘应伦　赵　静　李音霞
　　　　郭　斐　刘瑞霞　王素红
　　　　金星闪　周　起　华晓隽
　　　　何发祥　朱晓东　陈　颖
　　　　段岩霞　刘学强

本册主编：于洪飞　许　莉

Contents 目 录

我的青春书架

成长的足迹 / 柳 笛 002
每天都是一首诗 / 张 晨 004
小小快递员 / 郭思儒 006
晚上的餐桌 / 林 冕 008
巧手奶奶 / 赵浅雯 010
妙趣横生的"虎斗牛" / 吕兆恩 012
我家的芭蕉开花啦 / 张婉莹 014
第一次喂猪 / 徐镜凯 016
校园里的记忆 / 贾 云 018
我的青春书架 / 李嘉贝 020
旅途 / 彭美蓉 023
悠游鼓浪屿 / 林晓娆 025
今天,我是支笔 / 朱亚林 027
分享我的第一次 / 钟晨韵 029
留一点儿信心给自己 / 陈 墨 031
有你,我的年华不寂寞 / 范 凯 033

我的偶像爸爸 / 谭晓燕	035
夺书之战 / 赵子恒	037
爱要怎么说出口 / 张博宇	039
三轮车上的奶奶 / 王一涵	042
我有一个"风"妈妈 / 林希妤	044
观纵横交通，秀文明风采 / 彭子藤	046
生活因素描而精彩 / 王馨悦	049
逃离的锦鲤 / 周 逸	051
感受幸福 / 朱 涛	053
年味十足的春节 / 邹雨晗	056

伴着浓浓的爱出发

伴着浓浓的爱出发 / 吴洪蓝	060
我和爸爸"窝里斗" / 朱怡阳	062
擦地板 / 肖 曼	064
龙泉探梅 / 王玉橙	066
徒步翻越羊草山 / 陈家俊	068
打羽毛球 / 唐婉珺	070
我当班长 / 李玉龙	072
教授老爸的烦恼 / 韩天悦	074
电动车上的唠叨 / 沈 昕	076
我的第一次骑行 / 彭思源	078

分享小秘密

你是我心中最美的时光 / 刘玲泉 082
三公和黄杨木雕 / 金君曼 084
机器人，你不懂爱 / 周晓冉 086
妈妈变了 / 高鸿芯 090
书包里的流年 / 杨童舒 092
坚持就是胜利 / 武永学 094
下次我再来看你们 / 史均成 096
车站的报刊亭 / 杨蕊昕 098
包饺子 / 欧阳文韬 100
分享小秘密 / 林子恒 102
在一百年后的日子里 / 杨东梅 104
捏紫砂壶行动 / 魏俊杰 106
那一刻，幸福把我紧紧拥抱 / 袁继明 108
我为蟹狂 / 王家睿 110
妈妈祛斑记 / 张乐其 112
我的朋友"死脑筋" / 秦粤 114
我去过脑世界 / 周海晨 116
返校随想 / 李泽宁 118

晒蓝天

网络警察 / 周子恒 122
畅想青春梦 / 张凯 124

夜空中最亮的星 / 周梓卿	126
我和爸爸去买书 / 杨 菲	128
国庆前夕 / 纪思婷	130
童年的朋友 / 陈艺轩	132
晒蓝天 / 崔凤鸣	134
牛气十足的电动车 / 杨雅淇	136
我的老爸是村干部 / 黄嘉怡	138
超级路盲症 / 张子瑞	140
我家的金子 / 姚欣然	142
我的朋友金大德 / 金悦山	144
心中的荷 / 张心怡	146
老爸减肥 / 朱晨曦	148
姐姐做鱼记 / 唐 涛	150
从天而降的作业山 / 包晨昕	152
我的高冷同学 / 曾易青	154
家有木匠 / 魏 来	156
藏书记 / 李家俊	158
多说一声"谢谢" / 陈一航	160
我爱家乡的"牛舞" / 邢培培	162
唠叨的班长 / 李宗雪	164
儿时的伙伴——泡桐树 / 赵鼎力	166

我的青春书架

成长的足迹

柳 笛

曾几何时,我迷上了躲在一段时光的角落,静静地怀念一段成长的历程。

——题记

转眼间,我已升入六年级。回头看看自己成长的路,布满了一个个深深浅浅的脚印。

看,那一串渐渐模糊而轻巧的脚印,便是我婴儿时期的足迹。从出生,到蹒跚学步,到咿呀学语,那时的我会安安静静地躺在婴儿床上睡觉,也会因不顺心而大哭一场,但大家都不会责备我,家人在为我操心的同时,又盼望着我快快长大。那时,我在成长的路上留下了一串稚嫩的脚印。

瞧,那一串时深时浅的脚印,则是我幼时的见证。那时的日子是最快乐的,我不会因学习而困扰,不必担心没人跟我玩,不用担心做错事该怎么办,在我眼里一切都是那样新奇。我用鼻子、眼睛、手,甚至身体的每一个部位,去感受这新奇的世界。那时的我,是大人眼里的宝,每天被捧在手心里呵护着。和伙伴玩耍，和父母耍赖，无忧无虑地过着每一天，那时，我在成长的道路上留下了一段幸福的回忆。

噢，那一串整齐的脚印，是我上小学时的记忆。刚开始接触书，诱惑是那么大，我开始关心起自己的学习，我会因考试考个"优"而高兴一整天，也会因被老师批评一两句而心情沮丧。一年又一年地成长，知识增加了，阅历丰富了，但同时也给我带来了不少的烦恼，我开始渐渐体会到成长的坎坷与曲折。那时，我在成长的道路上留下了酸甜苦辣的回味。

还有一串离我最近、最深的脚印，是我上六年级以来的历程。长大了，见闻多了，道路也更坎坷了。因为有了挑战的激励，我懂得了奋进；因为有了压力的鞭策，我奋起前行。功课重了，欢笑少了，我也渐渐变成熟了。一路走过的坎坷道路，让我深知成长的艰辛。

十二年的春夏秋冬，留下了我十二年的成长足迹，无论是直的、弯的，还是斜的，不管是哭、是笑，还是怒。我相信未来我会踏出一片平坦的路，留下一串奋斗的脚印……

每天都是一首诗

张　晨

奔涌的诗情，如刚入夜的星空，刹那间绚烂绽放。
——题记

　　寂静的清晨，我独自摊开心爱的名著，任情思在文了间游荡。墨色的山腰笼着青幽的云，天边的残月仍不舍离去。群鸟惬意地享受着这诗一般的晨景，扑扇羽翼自由地飞翔在还未彻底明亮的天空，不时地吟上一首欢快的清脆小调，灵动又富有诗意。浪漫而又清丽的文字，不经意间印在了我的脑海，使我的心情也格外的舒畅。朝阳依山而升，新的一天在此刻唯美地开幕……

　　诗一样的文字，诗一样的景，诗一样的清晨，营造出诗一般绚丽的一天。

　　暖阳温柔地穿过明窗，铺洒在我们的课本上。老师绘声绘色地讲着，阳光里映着一张张年轻又朝气蓬勃的脸，他们或凝眸沉思，或欣然顿悟。一本本精美详细的笔记凝聚着莘莘学子不懈的智慧与勤奋。我不禁想写一首诗，为那"以勤作径苦攀书山、以苦为舟翱游学海"的同学，亦为"春蚕到死丝方尽，蜡炬成灰泪始于"的老师……

诗一样的暖阳，诗一样的老师，诗一样的同学，创造着诗一般美丽的未来。

小小的油灯摇曳着淡淡的橘黄，简朴的书桌镌刻着岁月的痕迹，薄薄的田字格本上刻画着稚嫩的笔迹。我最喜欢在爷爷的书桌上写作业了，燃着小小的油灯，在诗一般的氛围里静静思索。窗外，繁星依旧闪耀，明月散出皎洁的娇羞的光晕。微风习习，一片落叶悄然飘下，寻觅母亲的根，化为泥土，永远地守候……

诗一样的小油灯，诗一样的夜空，诗一样的落叶，寻觅着生命诗意的一瞬。

静寂的晨曦，和煦的暖阳，朦胧的灯光，酝酿着一首首精致的诗，温馨着平凡而诗意的生活。

每天都是一首诗。

小小快递员

郭思儒

不知从什么时候起,妈妈爱上了网购,一看见喜欢的东西,便毫不犹豫地"买!买!买!"。隔三岔五,妈妈就会让我去楼下取快递,不知不觉中,我变成了家里的"小小快递员"。这不,任务又来了!

"思儒,吃完饭后去楼下把快递取回来。""好的,母亲大人!"我顽皮地回应。为了尽快完成我的快递任务,我三下五除二地把午饭消灭干净了。"儿子,包裹放在18栋楼下的菜鸟驿站,取件码是45045……""好嘞!"我推着自行车,乐呵呵地出门了。

小区后门的三岔路口,来往的行人和车辆很多,今天是周末,更是拥挤不堪。但我必须穿过这拥堵的路段骑到马路对面,才能取到快递。

虽说我的车技不错,但看到熙熙攘攘的人群,我还是有些紧张,生怕撞到别人。"丁零,丁零……"我使劲儿地按着铃,嘴里不停地叫嚷着:"请让一下,请让一下!"不好,前面突然走过一位老奶奶,她好像没听见我的铃声和叫声,眼看就要撞上了，我赶紧转了方向，谁知一下撞到大树上了——"扑通"，我连人带车倒在路旁。"哎哟，好疼呀！"我哭丧着脸坐在地上。路过的行人把我扶了起来。我扶起自行车，揉了揉疼痛的膝盖，继续往前走。唉，做个小小快递员真不容易呀！

我一瘸一拐地走到"菜鸟驿站"，把密码告诉了老板。老板立马为我取出快递。哇！这么大一个纸箱，抱一抱，还真有点儿沉，我该怎么拿回去呢？把纸箱放在后座上，慢慢推回去？那这送货的速度还能叫"快递"吗？不行！我得骑回去，赶紧把包裹送到妈妈手里！

我决定一手抱着纸箱，一手握着车把骑回家。不用我详细描述，你也能想象到那惊险的场面吧！幸亏我这个"小小快递员"车技还不错！正在我得意之时，路旁的灌木丛里突然冲出一只大土狗，"哐当"一声，我手里的纸箱摔落在地。要是摔坏了妈妈的心爱之物，这可怎么得了？我急忙打开包裹检查，所幸完好无损。我收拾好包裹，摆好姿势，继续往前骑，小心翼翼地穿过拥堵的后门，再费力地骑上一段上坡路，终于回到了楼下。此时的我，已经累得气喘吁吁了。

"儿子，你真棒！"回到家，妈妈接过包裹，开心地称赞道。那当然啦，我是名副其实的"小小快递员"嘛！

晚上的餐桌

林 冕

每天晚上，爸爸妈妈都不在家，只有我和外婆在家里吃晚饭。我们沉默地吃着饭，时不时对望一下，很快又把目光转向其他地方。偶尔从外面传来一两声低沉的犬吠，或是一辆货车驶过时发出的"隆隆"声。

短暂的对视，貌似成了我和家人交流的唯一方式。

终于有一天，我受不了了。我爆发了！趁爸妈在家的时候，我对他们劈头盖脸一顿批评，希望他们能改正不回家吃饭的坏习惯，希望他们能多陪陪我。

"哎呀，跟你说过多少次了，爸爸妈妈工作太多，要加班才能干完。"爸爸说道。

"那也不行！"我回答，"你看看别人，哪家不是热热闹闹地过日子？我们家呢？天天就我和外婆两个人，冷冷清清的！"

"可别人是普通人，我们是军人啊！"爸爸火了。

我有点儿发怵了，不敢再说下去。就这样吧。

这天，我回到家，照例疲惫地把书包往沙发上一扔，无精打采地坐着发呆。

突然,开门的声音传入我的耳中。我以为是从隔壁传来的动静,没想到,推门而入的竟然是爸爸!爸爸的突然出现先是把我吓得不轻,等我反应过来,我就立刻高兴地扑了过去,问他今天怎么这么早就回来了。正说着,只听"咔"的一声,门又开了,是妈妈!

"我们特别请了假回来陪你呀!"妈妈好像知道我要说什么,先开了口。

"高兴吧?我们保证,一有时间就回来吃饭,没有特殊原因,绝不在外面逗留。"

我太高兴了,我像一匹撒欢儿的小马,在家里跑起了圈儿。因为跑得太欢了,我一个不小心,撞在了茶几上。我虽然疼得流出了眼泪,但那也是高兴的泪水呀!

巧 手 奶 奶

赵浅雯

瞧，不远处有一只五彩斑斓的蝴蝶正栖息在一朵娇艳的鲜花上。它昂着头，翅膀微微张开，一对触角竖向脑后。这可不是一派美丽的自然风光，而是心灵手巧的奶奶绣在毛衣上的图案。

只需要几团普普通通的毛线，几根长长短短的竹针，奶奶便能织出一件件漂亮的毛衣。用不了多长时间，各种各样的图案便巧妙而自然地呈现在毛衣上。人像、动物、植物，要什么有什么，个个栩栩如生、惟妙惟肖，令人拍案叫绝！

奶奶织毛衣的技术在老家是出了名的。常有左邻右舍送来毛线请奶奶织毛衣，奶奶从不拒绝。"谁穿的？有啥要求？要啥图案？"奶奶会把这些问题一一搞清楚，绝不含糊。

干完农活后，奶奶便开始织毛衣。她搬来一张小凳子，坐在院子的大门边，戴上她的老花镜，用竹筐把毛线一兜，边晒太阳边织毛衣。奶奶倚在门边上，手指像两只蝴蝶一样上下翻飞，看得我眼花缭乱，令我惊叹不已！十天半个月后，委托人来取毛衣时，总要由衷地夸赞几句。这时候，奶奶会不好意思地挠挠头，摆摆手，像个害羞的小姑娘。

越来越多的人来向奶奶讨教,奶奶从不拒绝,总是耐心地手把手教她们。如果别人灵光一闪想出个好主意,奶奶一定会虚心采纳。奶奶还常给自己"充电"呢!每次她来我们家,总会奔向书店,买上几本关于织毛衣的书,好回去仔细研究!

每当穿上奶奶织的毛衣,我眼前就浮现出奶奶翻飞的手指、专注的神情,耳畔响起那竹针碰撞的声音……奶奶织毛衣的高超技艺令人拍案叫绝,奶奶的热情、谦虚、勤奋更让我备受感染!

妙趣横生的"虎斗牛"

吕兆恩

"虎斗牛"是山东省利津县历史悠久的传统民俗舞蹈,据传已经有一百七十多年的历史了。

听老人们讲,从前,利津县大北街村比较穷,别的村子正月十五耍龙灯,他们村却因为买不起制作龙灯的材料而发愁。该村的村民王继先别出心裁,用竹子和毛头纸做道具,制作了一只老虎和一头牛,让两个"动物"通过各种姿态的争斗来烘托气氛,吸引人们观看,以此庆祝节日。后来,经过几代人的努力,"虎斗牛"成了保留节目,每年元宵节,村里都会进行"虎斗牛"表演。

一阵敲锣打鼓之后,一只斑斓的猛虎出场了。这只老虎由两个成年人扮演,前面的人站立着高举虎头,后面的人弓着腰举着虎身,两人共穿一身虎服。老虎往台上一跃,摇头晃尾,威风凛凛,不可一世。表演者踏着鼓点,通过跳、转、扑、闪等动作将老虎的威猛与凶残表现得淋漓尽致。

轮到小猴子上场了。小猴的扮演者是个小孩子,他穿着猴服,抓耳挠腮,蹦蹦跳跳的。"初生猴崽不怕虎",小猴没有见过老虎，所以并不害怕，还和老虎玩耍了起来。老虎也没有马上吃掉它，而是欲擒故纵，上演了一场猫捉老鼠的游戏，这是表演中的第一个高潮。戏弄一阵之后，老虎最终决定吃掉这只不知深浅的猴子。快看！猴子被老虎一口给吞了下去！一眨眼的工夫，猴子不见了！如果你睁大眼睛仔细瞧，就会发现：两个人扮演的老虎应该有四条腿，怎么会多出来两条腿呢？原来，小猴子正藏在那儿呢！老虎围着观众戏耍，小猴子就趁机逃之夭夭啦。

这时，一个牧童骑着老牛出现了。老牛也是由两个人扮演的，前面的人举着长着大犄角的牛头，后面的人猫着腰，尾随其后，二人合穿牛服，配合默契。牧童在吃草的老牛身边睡着了，完全不知道危险已经悄悄逼近。老虎看到牧童睡着后，便向他慢慢靠近。老牛发现了老虎的企图，"虎牛大战"一触即发。老牛在前面沉着地拦着猛虎，惊醒后的牧童尖叫着挥着鞭子在老牛身后躲闪。老虎两只前脚伏地，后腿直立，屁股撅得老高，尾巴左右摇晃，做出一副攻击的架势。它猛地向上一跃，咬住了老牛的脊背。老牛"哞"的一声，脑袋一甩，大犄角挑到了老虎的脖子。老虎长啸一声，后退几步，二者继续斗智斗勇——这是"虎斗牛"最高潮的部分。老虎的凶残和威猛、老牛的沉稳和倔强、牧童的惊慌失措，在表演中展现得淋漓尽致。

此时，锣鼓声更加激昂，掌声、喝彩声此起彼伏，围观的人们一个个伸长了脖子、踮着脚使劲儿往里看，手都随着鼓点拍疼了。不用多说，你就知道我们的"虎斗牛"有多么妙趣横生了！

我家的芭蕉开花啦

张婉莹

歇后语说：芭蕉开花——一条心，可是我从来没看见我家的芭蕉树开过花、结过果，所以一直以为它是一株观赏植物。

今天早晨，我还睡意蒙眬地躺在床上，爸爸推门说："快起床，芭蕉开花了！""真的？"我一骨碌从床上爬起来，三步并作两步地跳下楼去，到门外就嚷嚷："花在哪里？花在哪里？"

爸爸指着最大的芭蕉树顶上的叶子，大概两三米高，说："在这儿！"我抬起头往上看，这哪像花呀，分明是一只大香瓜。中间是一个大头朝下的香瓜大的花苞，呈淡绿色。顶端有一些花蕊，就像我们踢毽子用的橙色鸡毛，旁边还长着两片作文本大小的花瓣，地上有几片花瓣，形状像小船，外面是淡绿色和黄色的，略带紫色，里面是白色的。妈妈捡起一片花瓣掰开，对我说："你看，芭蕉花瓣的纤维多像香蕉皮呀！"花上有许多蜂正飞舞着，这些蜂可不是普通的蜜蜂，它们个头真大呀，可能是马蜂或胡蜂。

我赶紧上网搜"芭蕉"，问题有：芭蕉果怎么吃？芭蕉花有用吗？芭蕉开花时需要肥料吗？原来，芭蕉花、芭蕉果都能食用，芭蕉树开花时需要大量肥料和水。芭蕉开花就意味着它要结果了，花后面连着一根茎，茎上长着果实。网上还说芭蕉在亚热带一般不开花。难道今年夏天比较热，它把这儿当成热带了？

看完这些资料，我们分头工作：爸爸施肥，肥料是发酵并稀释过的尿液；我和妈妈找芭蕉的果实，它们被花遮着，又被宽大的叶子挡着。我们东张西望，终于找到前后一共三串果实，形状像香蕉，但还很小，只有手指那么长，是碧绿的。

我高兴地看着芭蕉，心想：等芭蕉果成熟了，我一定要分一些给老师、同学、邻居尝尝！

第一次喂猪

徐镜凯

今年暑假,我随家人到亲戚家玩。刚到的时候,我觉得村里空气清新,绿意盎然,一切都很新鲜,可是待久了也不免有些无趣。那天,我闲着没事干,忽然听见放农具的屋子里传出几声猪叫,我脑海里立刻闪出一个主意——喂猪。

喂猪对于农村孩子来说可能稀松平常,但对于我来说,那可是大姑娘上轿——头一回!我向亲戚说了我的想法,亲戚同意了,并帮我拌好猪食提到猪圈旁。猪圈里有两头又大又肥的猪,它们两眼眯成一条线,懒洋洋地躺在地上,大大的肚子随着呼吸一鼓一鼓的。我把猪食倒入食槽,两头肥猪听到声音后,立即"起床"朝这边走来。它们的大耳朵随着步伐有节奏地晃动着,粉红色的鼻子向前凸着,上面还有两个大大的鼻孔,庞大的身体后面有一个细小的尾巴,这可跟它们肥大的体形有点儿不相配。它们拖着肥胖的身子,走起来慢吞吞的,可是来到食槽边,吃起东西来却一点儿也不慢,都争先恐后地抢着吃,笨重的身体挤来挤去,都巴不得独享槽中的美食。它们虽然身子挤来挤去,但嘴巴始终埋在食槽里,贪婪地大吃特吃,还发出"呼噜呼噜"的声音。

　　两头猪吃饱后，大模大样地挪到墙边，"扑通"一声趴在地上，心满意足地咂着嘴。它们靠在一起，不一会儿便打起鼾来。唉，它们可真是好吃懒做的家伙啊！喂完猪，我情不自禁地哼起了《猪之歌》："猪，你的鼻子有两个孔……猪，你的耳朵是那么大……"

　　第一次喂猪，给我留下了很深的印象，不仅让我体验到了农家生活的乐趣，还让我感受到了劳动的快乐！

校园里的记忆

贾 云

虽说当学生也有五个年头了,上过的课数不胜数,但是,有一节课,一直保存在我的脑海里,成为我校园生活最精彩的记忆之一。

那天下午,自习课的上课铃声刚响,班主任就健步走进了教室。在讲台边站定后,他一反常态,什么都不说,只将左手一直朝前平举。他手里托着的,是一个大纸包,同学们都不知他葫芦里卖的什么药。

"这两天,你们有没有丢了什么东西啊?"班主任终于开口了。他的话音刚落,同学们就迫不及待地检查起自己的随身物品来:有的在查看桌面上的课本,有的在翻看手边的文具,有的在拨弄口袋里的钱包……一番动荡之后,大家不约而同地你看看我、我看看你,最后,又不约而同地将目光齐刷刷地投向了班主任。

"到底有没有丢东西?"班主任追问。我们摇摇头。"不对。每个人都丢了两样东西!只是糊涂的你们,还没发现。"听完,我们更是丈二和尚摸不着头脑,只能面面相觑了。

"你们知道这里面包的是什么吗？"班主任将手往高处抬了抬。"不知道！""想知道吗？"服了他了！胃口被高高吊起来的我们，一直在摇头。

　　"里面装的，就是你们丢掉的东西！而且，你们丢的，都是同样的东西！"班主任还在故弄玄虚。同学中又骚动了一会儿。"课前，我在这些小纸包上分别写了你们的名字。念到名字的，请上来领取。领到以后，先不要打开。"等全都安静下来后，班主任边说，边将大纸包打开。

　　我们怀着兴奋的心情，一一走上讲台，再小心地捧着纸包走回座位。班主任宣布："好，打开吧！"我们便迫不及待地对那小纸包动起手来。"呀！我的纸包里怎么会是瓜子壳？"李明同学第一个大叫。接着，"橘子皮！""辣条袋子！""废纸团！"……类似的声音，不绝于耳。我的，是一个发霉的苹果核。

　　班主任示意大家安静："同学们，这些瓜皮果屑，是我从你们的抽屉里，课桌附近的地面上捡来的。我说的没错吧？你们每个人都丢了两样东西：一样是这些瓜皮果屑本身，另一样则是良好的生活习惯。昨天，这些垃圾恳求我替它们给大家捎句话：'请送我们去垃圾桶吧！天冷，不要再让我们无家可归了。'"

　　听完瓜皮果屑捎来的话，教室里安静极了。大家的表情出奇地一致——羞愧万分！从此，我们班的卫生环境一直很好，我也再没有随手丢过垃圾。

　　那真是一节特殊的班会课，也是我最难忘的一节课！

我的青春书架

李嘉贝

我有一个大大的书架,用来存放我所有的青春飞扬,所有的沉心思考。

——题记

我的书架一共有四格,上面一排排陈列着我从小到大看过的书,每一本都能让我"乐不思蜀"。在有阳光的午后,我拉开窗帘,坐在窗边,捧着一本或厚重或轻巧的书,安静地沐浴在阳光下,沉浸在古今中外历史文化浩瀚的知识海洋里。

第一排 学习宝典

《数学冲刺习题》《新华词典》这样的教辅书、工具书占据书架上最显眼的那一格,也花去了我生活中最多的时间。书本时有更换,数量却只增不减,从"人、口、手"到"之乎者也",从"1+2"到"语数外",教科书伴随我从幼儿园到小学,我也由一个懵懂孩童成长为青春少女，被知识武装的头脑也越来越灵活。知识是进步的阶梯，教科书将继续伴随我的青春岁月。

第二排　文集荟萃

浙江一所中学的文学社每年都出版一本作文集，收录的是高中哥哥姐姐发表过的习作。《紫藤花苑》《遇见你真好》《青春风铃》都是极好的书呢！其中任逍哥哥和王妍姐姐写的小说最好看。我特别喜欢已经考到清华大学的王妍姐姐的文风，《护剑行》《玉笙寒》都出自她之手。"河水的手，黑暗的喉，月光吊起的竹楼，谁为我清煮好酒？"这种古风向、极富诗意的简练文风，是我的最爱。《玉笙寒》用唯美的文字撰写着一个悲伤的故事，一路渲染，一路铺垫，篇幅虽不长，却跌宕起伏，曲折离奇，催人泪下。

我也很喜欢《青春风铃》里一位姓丁的姐姐写的散文《我走过》，我做了五次摘抄来记录其中的精华。譬如："荆棘是热爱的痛，柳条是新生的香，樱花是一颗不会老去的心。""那里有希望之河汩汩流经命运的缝隙，以炫目的光芒擒住刹那间的呼吸。"这些细腻生动的文字中有光芒在闪耀，吸引我读下去，读下去……

第三排　历史书籍

"以铜为鉴，可以正衣冠；以人为鉴，可以明得失；以史为鉴，可以知兴替……"我酷爱中国历史，尤其喜欢阅读唐代史。

我知道唐代是一个国力强盛、文化繁荣的朝代，李白、杜甫、王维、韩愈、柳宗元、李世民、魏徵……唐朝历史的天空中群星璀璨，故事繁多。我特别喜欢一代女皇武则天，她性格多面：残忍却又睿智，多疑却又果断，以女子之身治大国而毫不逊色于男子，这样强势的女子在中国历史上写下了最绮丽的一笔，也令千年之后的我倾心景仰。

一本本史书读下来，历史如长河在我眼前奔流，浪花飞溅处，是民族的辉煌与骄傲，让我们能挺起胸膛，做一个骄傲的中国人。

第四排 古代诗词

"明月几时有？把酒问青天。不知天上宫阙，今夕是何年""庭院深深深几许，杨柳堆烟，帘幕无重数""多情自古伤离别，更那堪冷落清秋节"……这些都是我从《宋词三百首》中记下来的名篇佳句，在词的意境熏陶下，我变得细腻敏感，开始自己构思、写作一些故事。妈妈看到我写的一些文章，认为基调有些灰暗，于是推荐我读一些唐诗，例如"长风破浪会有时，直挂云帆济沧海""忽如一夜春风来，千树万树梨花开""安得广厦千万间，大庇天下寒士俱欢颜""沉舟侧畔千帆过，病树前头万木春"……我慢慢感受到了唐诗与宋词不一样的意境：开朗、辽阔，这种向上的激情和昂扬的气质令人折服，我在不知不觉中变得开朗了。

我的书架上，装下了我的整个青春，也装下了我的回忆和未来的努力方向。我还将流连在书架边，让人生沐浴在阳光下，让青春有书本的陪伴！

旅　途

彭美蓉

蜿蜒曲折的幽径，在雨的摧残下变得泥泞起来，我们的脚步也愈发慢了。遥望远方，层峦耸翠，上出重霄，若隐若现。近水草花迷客眼，远山云雾撩人心，临风而立，"会当凌绝顶，一览众山小"的豪情便油然而生了。

雨，静静地下着，自顾自潇洒，山中的万物也静静地躺着，如同故事中的睡美人，在等待王子的一吻。时光在这一刻静止，宁静和谐，然而这份美好到底终究只属于天地和大自然，而我们，只是它生命中的过客罢了。

路，时而平坦，时而陡峭，我们的心情也时悲时喜。我们需攀岩走壁，也需涉水而行。这条路，漫长而艰辛，却又不忘给人留一点儿空白，让人遐思空白背后"山重水复疑无路，柳暗花明又一村"的绮丽风景，脸上流淌的水珠越来越多，我已分不清是汗还是雨了。

"树叶沙沙响，陪我去流浪，这条路要走多长，无论多彷徨，沿途要欣赏，曾经的痛和希望……"唱着熟悉的歌，走在陌生的路上，终究有些害怕，但我相信风雨过后，眼前会是鸥翔鱼游的水天一色；走出荆棘，前面会是铺满鲜花的康庄大道；登上山顶，脚下会是积翠如云的空蒙山色。

方向还在，希望还在。

古旧的青石阶，我们拾级而上，当我们步履蹒跚地迈上最后一个台阶时，山间凉风习习吹来，着实令人心旷神怡。登高远望，不禁有王勃"遥襟甫畅，逸兴遄飞"的豁朗，又有苏轼"寄蜉蝣于天地"的感慨。高处风光无限好，古往今来，多少英雄为之倾倒。

人站得越高，心胸便越开阔，这是给自己艰难跋涉最好的补偿。

"回首向来萧瑟处，归去，也无风雨也无晴。"笑看来时路，虽苦犹甜，风风雨雨，坎坎坷坷，我们不曾被打倒，沿途风景，我们不曾错过。人生就像旅行，重要的就是沿途的风景和看风景的心情。我们没有到达理想的顶峰，但我们没有遗憾，至少我们曾经坚持过、努力过。

每个人都在前行的途中不断积累东西，很多人只知道一味地往自己口袋里堆积东西，不知道放下一些，以至于身心疲惫。人有所得，必有所失，错过了太阳，就不会错过群星，而且，此处风景尚好。

曾听过这样一句话，旅行的美妙就在于一瞬间，眼前的一切使我内心突然涌上来无限的美好与安静。

人生路，尽管走下去，不留足迹，只带走停留在心中最美的风景。

悠游鼓浪屿

林晓娆

放慢你的脚步，慢些，再慢些，跟我一起悠游鼓浪屿。

碧波荡漾的大海是美的。碧蓝的海水，湛蓝的天空，一眼望去，天和海仿佛连接在一起。大海，大海，你是这样顽皮，你伸出双手，在岩石的身后重重一拍，眨眼间，却又没有了影子；大海，大海，你是最热情的听众，你没日没夜地为悠扬的琴声鼓掌，对演奏者回以最热烈的掌声；大海，大海，你是一块蓝色的宝石，在阳光的爱抚下闪闪发光，蓝得清爽，蓝得安静。大海，大海……

那一家家小店是美的。岛上布满了一家家别有风格的小店，这成了鼓浪屿上一道特别的风景线。一家家小店，高矮不一，风格不同，看似杂乱无章，细细观察却别有一番风味。你知道如何用梭子织一件衣服吗？"布织道"的姐姐们，会用灵巧的双手告诉你答案。你知道旅馆里也有风景吗？"张三疯猫窝旅馆"以花猫、馋猫、懒猫等为主题，给你带来一间童话一样的旅馆。你敢和我一起来"联邦调茶局"喝茶吗？这儿可是"FBI"的地盘哦。走进联邦调茶局，一阵阵馥郁的茶香扑面而来，沁人心脾。橙色的小灯，古色古香的小木桌，给它蒙上一层奇妙的色彩。"赵小姐的店""古追""阿甘慢递"……一家家特色小店，在鼓浪屿上等你发现。

　　岛上的琴声是美的。漫步在这个岛屿上，你时不时会听到阵阵优美的琴声，那优美动听的音符中好像都住着一只小精灵，他们自由地跳动，随心所欲地舞蹈。伴随着动人琴声的还有鸟语和花香，聆听着天籁之音，让人如痴如醉。小小的鼓浪屿上，几乎每一户人家都有钢琴，这里还有自己的音乐学院和钢琴博物馆，所以鼓浪屿有"钢琴之岛""音乐之乡"的美称。

　　……
　　鼓浪屿上的一切都是美的！

今天，我是支笔

朱亚林

早晨，我一醒来，立刻下床，不，是从桌上跳起来，惊讶地看着自己的双手——"咦！我什么时候套上了精钢护腕？！"我惊讶地呼喊起来。

"因为我和你互换了。"一个瓮声瓮气的声音传过来，"我是笔！我和你互换了，你变成了我，我变成了你！"

"这一点儿科学依据都没有！"我惊讶极了，大吼一句。

不过，这居然是真的！噩梦才刚刚开始！我被大力地握住腰，来不及抗议，就被甩了起来。我口吐白沫，不省人事，几乎都要脑震荡了！

突然，震荡停止了。"我"喊道："肚子饿死啦！"爸爸马上端着牛排进来了。我只好在一旁流口水，要不是笔流不出口水，我家早就被大水淹了！

不久，"我"便吃完了牛排。谁知，"我"刚开始写作业，我便写不出墨来了。我被"我"粗暴地扔在一旁。我躺在墙角痛苦地呻吟，全身散了架一样，火辣辣地疼。过了好久，我才被重新使用。"我"还嘟囔："再写不出来的话就扔掉吧。"我心里就像装了一块千年寒冰，冷到了极点。

幸好，这次我写出了墨。但紧接着，"我"却玩起了转笔，我飞快地转了起来，一阵晕眩。

结束了海盗船般的摇晃，我连上下左右都分不清了。

我暗想：这不是我折磨笔的样子吗？对了，我好像还——啊，拦腰折断——

"啊——"，我好像被雷劈了一下，从梦中醒来，发现我出汗出得全身都湿漉漉的。

我摸摸腰，还好，没断。

看着桌上被折断的笔，我感到非常歉疚。以后，我一定不会拿笔出气了；以后，我再也不会无视笔了，我要爱惜每一支笔。

经过这次经历，我知道了：不能拿工具出气，任何东西都该被善待！

分享我的第一次

钟晨韵

在我的童年里,有许多的第一次:第一次炒菜、第一次洗碗、第一次考差……数都数不清。但是,我最想和你们分享的,却是第一次晾衣服。

一个中午,我拉完小提琴后便没事做了。爸爸见我无所事事,便叫我晾衣服。我一听,立马跑到阳台上,开始干活儿。我本以为自己可以像爸爸妈妈一样,轻而易举地拿起撑衣架,谁知,我的力气太小了,一只手根本拿不起来,只得用两只手拿。接着,我跑到洗衣机前一看,呀,里面有一大堆衣服,还打了结!我好不容易才"解救"出一件小内衣。我拿出一个绿色的衣架,把它的"左手"插进衣服的左袖,"右手"插进衣服的右袖,然后开始把它往撑衣架上挂,我用尽全力把衣服往上举起,可还是够不着撑衣架。我灵机一动,搬来了一张小板凳,站在上面。哈,这下够着了!很快,我就把所有的上衣都晾好了。

下一步,我要晾裤子。爸爸的裤子是家里最大的,我拎起一条他的裤子,拿起衣架,左插,右插,"啪",裤子掉了!我在心里嘀咕:爸爸的"屁股"也太大了吧,连衣架都撑不住。我只好把爸爸的裤子叠起来，挂到衣架上。爸爸的裤子本来就重，再加上水的重量，更是重上加重。我摇摇晃晃，终于把它挂在了撑衣架上，真是不容易呀！

　　最后，我把色彩缤纷的袜子和短裤晾好，就大功告成了。

　　"滴答，滴答……"水珠落了下来。阳光照在五颜六色的衣服上，我好开心呀！

留一点儿信心给自己

陈 墨

这是十月份发生的事。我的《难忘海南岛》在《家教周报》上发表了。一进教室，同学们纷纷向我祝贺，我很高兴。在这时候，我特别感激妈妈，是妈妈让我懂得了留一点儿信心给自己的重要性，让我懂得了有信心才能获得成功的道理。

小时候，我的作文成绩并不突出，每次写作文都是流水账。我周围同学的作文有些发表了，有些在学校的比赛中获了奖。我看着他们，十分羡慕。妈妈让我好好写，也争取发表。我反驳说，我是发表的料子吗？作文写得一般，词藻不优美，叙事不连贯，哪个编辑会要这样的稿子呢。可是妈妈却说："你只要自信，总会进步的。"

今年暑假，妈妈带我去海南岛旅游。一到那儿，我看到许多从未见过的新鲜事物，兴奋极了。妈妈觉得这是个不错的素材，劝我记下来，写一篇游记。我看着四周的人山人海，对妈妈说："妈妈，你看周围这么多人，得有多少人写海南岛，估计一抓一大把。就算我写了，内容还不是一样，千篇一律，没人会欣赏。还不如好好在这儿享受风土人情，玩个痛快呢。"妈妈轻轻摇了摇头："每个人对事物的理解都不一样，就像一千个读者，就有一千个哈姆雷特。只要你选材新颖，描写细腻，就一定能写出精彩的文章。"

听了妈妈的鼓励，我摩拳擦掌。回到旅馆，我就开始写游记《难忘海南岛》，这时候，我对在海南岛的感受特别清晰。写好后，我轻读了几遍，微微修改了一下，使语句优美些，觉得很满意，便给妈妈看，妈妈也觉得很好。于是，我们把稿子寄到报社，期待着过稿。

在那个空气中弥漫着喜悦的清晨，我拿到了刊登着我的文章还带着淡淡油墨香气的报纸，心里特别高兴。这时候，我又想起妈妈的话。留给自己一点儿信心，才能享受成功的果实，有了信心，才能走出精彩的未来！

有你，我的年华不寂寞

范 凯

捧一壶香茗，执一卷诗词，在落叶纷飞的傍晚，借着斜阳的余光，轻吟着文字。

自从有了你，才两三岁小小的我就开始不那么寂寞了。每天缠着父母读故事的我，已经悄悄地踏进了你的大门。直到我能凭借自己的力量看完一本书，我才知道原来我之前接触到的，只是你的冰山一角。

自从读了陶渊明的《归去来兮辞》，我便幻想着也能够成为那样的一名隐士，隐于山水之间，品茶论道，岂不快活？从那以后，我就爱上了品茶，仅仅是因为我的想象。

自从读了《唐雎不辱使命》，我就开始想象着文中唐雎所说的那几名刺客矫健英勇的身影，便希望也能做一名刺客。由于我身材较胖，那种腾飞之势怕是困难了。至于武器，我后来倒是缠着姥姥给我买了一把短木剑，结果在一次玩的时候碰到墙上磕断了。从此便断了念想，老老实实做一名红旗下的好少年。

自从读了杜甫的《石壕吏》，我也曾想过如果我生在那个时代，也要做一名隐姓埋名的英雄，劫富济贫，为天下人所敬仰。

但是后来当我真正了解了那个时代，心头的冲动便自然而然地消弭了。在那个混乱的天下，谁会去理你一个"英雄"，几十发乱箭飞过来，早就成了活靶子。

自从读了沈复的《浮生六记》，我就开始成天向往那种闲逸的生活。它和陶渊明的归隐田园不同，只是在家的一点儿小趣，便是如此美妙，可真让人向往！但当老爹给我讲明世事后，我明白了在社会竞争如此猛烈的当下，想要有那样的生活，恐怕得等到七老八十的时候去农村才行。

有很多书，我读了之后皆生出一种想要效仿的冲动，但是可实现度太低，还是老老实实上学吧。当然，从一开始读书到现在，我心中总有着一个永远也消不去的念头：在黄昏斜阳的映照下，惬意地靠在阳台的座椅上，捧一壶香茗，执一卷诗词，看房外落叶纷飞，借着夕阳的余光，轻吟着文字，享受着片刻的欢愉，当真美妙。

当然，书籍带给我的远远不止这些。只是我人感悟颇浅，又迫不及待，只好言至于此。书，"侵吾肌肤"，如清风扑面一般，悄悄地充斥着我生活中的分分秒秒，让我的青春不再空虚，让我的年华不再寂寞！

我的偶像爸爸

谭晓燕

我的爸爸是一名律师，平常工作很忙，也因此做出了成绩。他经常得奖，我时不时就能在报纸、电视上见到关于他的报道。

其实，我对律师这种职业的了解还不是很深刻，但我可以肯定，律师是集正义和智慧为一体的职业。

爸爸是个正义感很强的人。上一年级时的一个晚上，睡梦中的我被爸爸的电话铃声惊醒了。原来，一个农民工在山西发生了意外，问题迟迟得不到解决，需要爸爸火速支援。爸爸马上起床，穿好衣服，收拾好行李就出发了。五天之后，爸爸才回来。我问爸爸案子办得怎么样，爸爸说，事情很顺利，他为受害人挽回了三十六万元的损失。没过几天，一位农民伯伯给爸爸送来了一面写着"仗义扶弱，情暖百姓"的锦旗，我为爸爸感到高兴。

爸爸也是一个很有爱心的人。他加入了助学团队，经常为一些上不起学的孩子提供帮助。他还经常维护一些没钱打官司的人的权益。前年冬天，我和爸爸看见一个九十多岁的老奶奶孤单地坐在镇政府门前的台阶上。爸爸上前问了问情况，原来，老奶奶的子女闹矛盾，她的赡养问题得不到落实，经过村干部多次调解也没有结果,她是来请求法律援助的。爸爸欣然接下了老奶奶的案子,免费帮她打官司,最终,老奶奶的赡养问题落实了,她可以安享晚年了。

　　爸爸是一个"工作狂",经常半夜还在加班。爸爸的很多案例被评为省、市、县法律援助的优秀案例,他还获得了"劳动模范""感动人物""专业技术服务标兵"等诸多荣誉。我知道,在这些荣誉背后,爸爸不知付出了多少努力,我为有这样的爸爸感到自豪,我崇拜我的偶像爸爸!

夺书之战

赵子恒

老妈在家开了一个"小型图书馆",我每天都泡在"图书馆"里。可是,有时新书上架,我们会上演一场夺书之战。

今天放学回家,我发现"图书馆"里增加了好多书,还有我梦寐以求的《好兵帅克历险记》,真是太好了。我高兴地放下书包,来不及休息,就捧起这本书看了起来。

我正看得津津有味,老妈的一句话打断了我:"还不去做作业!把这本书给我看看。"没办法,我只好合上书,极不情愿地递给她,垂头丧气地去写作业。

唉!老妈总是和我抢书看。晚饭后,我又抱起书看了起来。老妈忙完后,又说:"把书给我看,你去洗澡吧。"我毫不犹豫地顶了回去:"不要,凭什么?"她看我毫不动摇,就回卧室了。

过了一会儿,我在老妈的卧室门口看到她正在认真地看《读者》,就把书放在茶几上去洗澡了。洗完澡出来,我却怎么找也找不到《好兵帅克历险记》了。这时,我看到她在卧室里时不时地偷瞄我一眼,我知道肯定有问题。完了,书是不是又被老妈偷走了？可我看她看的还是《读者》啊，难道书长腿跑了？

正当这时，老爸回卧室了，老妈立马关掉灯，让我回去睡觉。由于我们家的"灯火权"在老爸手里，所以我向老爸告状："老爸，老妈关灯了。"可老爸竟毫无反应，老妈还在一旁偷笑，我发觉形势不对，就将灯打开，去看她手上的《读者》。咦？怎么那么厚？我迅速拿开《读者》，《好兵帅克历险记》果然出现在了我的视线中，原来老妈把它藏在了《读者》后面，我差点儿被老妈给骗了。老妈的计谋被我戳穿后，她捧腹大笑，我也乐呵呵地拿着喜爱的书回自己的卧室尽情翻看。

"夺书之战"在我们家经常上演，我们争夺着，也快乐着。

爱要怎么说出口

张博宇

母亲节快要到了,班主任刘老师给我们布置了一个特殊的作业:回到家给妈妈一个拥抱,对妈妈说声"我爱您"。

谁不爱自己的妈妈呢?我的妈妈工作那么辛苦,常常起早贪黑,有时周末还要加班加点,但她总是把家里收拾得井井有条,把我照顾得无微不至。我早就想对妈妈说句感谢的话了。

嘿嘿,这项作业太简单了!

放学后,我回到家,妈妈还没有下班,我只好先写作业。刚写完作业,就听见楼道里传来一阵熟悉的脚步声,一定是妈妈回来了。我高兴地跑到门口打开门,果然是妈妈回来了。

"博宇,作业写完了吗?饿不饿?妈妈这就给你做饭啊!"妈妈一边换鞋,一边笑着对我说。

"作业写完了,有点儿饿……"我忽然想起老师留的作业——对妈妈说"我爱您"。

"妈妈,我……"不知为什么,我竟然发现怎么也说不出口。明明很简单的一件事,我是怎么了?

"怎么了,儿子?"妈妈一边扎围裙,一边关切地问我,

"有事吗？"

"没有没有。"我顿时涨红了脸，快步走回房间。

妈妈是我最亲密的人，在妈妈面前，我从来没有什么不好意思的，今天怎么连一句表达感情的话都说不出口呢？不行，我一定要完成任务。我鼓足勇气，跑到厨房，妈妈正在洗菜，"妈妈，我……"糟了，和上次一样，我还是说不出口。

妈妈见我呆呆地站在那里，奇怪地问我："你今天怎么了？有事就直说嘛！男子汉，怎么还吞吞吐吐的啊！"

"没事没事，"我急忙掩饰，"我就是饿了，来看看饭做好了没有。"

"快了，你先吃点儿饼干垫一垫！"妈妈继续埋头洗菜。

怎么办？只能采取方案二，说不出口就写出来吧。我找来一张漂亮的彩纸，工工整整地写上"妈妈，我爱您"几个大字，然后在旁边画上一颗大大的爱心。我蹑手蹑脚地潜入爸妈的卧室，将彩纸放到梳妆台上。

"妈，咱家有没有棉签啊，我要用一下！"我跑到厨房，大声对妈妈说。

"有，在我梳妆台的抽屉里面，自己去找吧！"

"妈妈，您帮我找吧，我找不着！"

"好吧，你这个小懒猫！"

哈哈，妈妈"中计"了！妈妈走进卧室，走向梳妆台……

"博宇，过来一下！"妈妈一定是看到了我的"小秘密"！

我跑到妈妈身边，妈妈看着我，目光里写满了浓浓的爱。

"刚才你是不是就想对妈妈说这句话？"

我重重地点点头。

"咱们中国人啊，骨子里比较含蓄，大多不善于表达感情。

越是对自己最亲密的家人，越是张不开口！你对妈妈的爱，你不说，妈妈也知道。可是你说出来，妈妈真的好开心啊！妈妈也爱你！从知道你存在的那刻起，妈妈就爱你，并且将永远爱你！"妈妈张开双臂，一把将我拥在怀里。

"妈妈，我爱您！"

爱，大声说出来吧！

三轮车上的奶奶

王一涵

下午放学，我背着书包，刚走出学校大门口，就看见奶奶骑着三轮车来接我。我连忙跑到奶奶身边，跨上三轮车，坐在小车厢里。奶奶两只脚踩动脚踏板，三轮车"哧哧"地往前跑起来。

从我上幼儿园的第一天起，每天上学、放学，奶奶都骑着这辆三轮车来送我、接我，无论骄阳似火，还是大雪纷飞，从未耽误过。

奶奶的三轮车是铅灰色的，很小，也很简易，有一个露天的小车厢。三轮车已经很陈旧了，下面的轮圈和钢丝已锈迹斑斑，如同奶奶脸上的累累皱纹，诉说着岁月的沧桑。奶奶告诉我，三轮车是1998年买的，而我是2005年出生的，它比我还大七岁呢。

奶奶的三轮车哟，别瞧现在已经老化了，但在我上学之前，它还给奶奶带来过收入，为她的人生创造出了意义和价值呢。在我上幼儿园前，奶奶天天骑着三轮车四处捡废品。一年下来，也能挣到好几千元呢，如果运气好的话，还能挣到上万元。县城里大街小巷，没有什么地方不曾留下她三轮车的印迹和她捡废品的身影。家人心疼奶奶，叫她不要捡废品了，她却说，人一旦闲着就容易变懒，捡废品挣点儿钱，补贴家用有什么不好呢？再说四处转转，找点儿事情做做，不仅充实了生活，还可以活动活动筋骨，有益于身体健康呢。

奶奶还骑着三轮车做过不少好事。有一天下午，奶奶骑车经过老街第三条小巷子时，看见地上有个白色的胀鼓鼓的小皮包。奶奶捡起来一看，里面有厚厚一沓钱，还有卡和身份证。奶奶第一个念头就是尽快找到失主，还给失主。于是，她按照身份证上的地址找到失主家。当失主接过分文不少的钱包时，感动得不得了，一边连连说"谢谢"，一边拿出两张百元的票子酬谢奶奶，奶奶毫不犹豫地谢绝了。

还有一次，一位年逾古稀的老爷爷挑着一担萝卜，踉踉跄跄走着，"哼哧哼哧"，显得很吃力。奶奶看见了，问老爷爷去哪里，老爷爷说挑萝卜到菜市场去卖。奶奶爽快地说："你坐到我三轮车上吧，把菜也放在上面，我送你。"老爷爷有点儿犹豫，奶奶看得出对方犹豫什么，忙说："我不收你路费，放心好啦！"到菜市场后，看见奶奶果然没要他一分钱，就拿出两根萝卜递给奶奶，奶奶也没有接……

"一涵，到家了——"

我正回想着三轮车的故事，奶奶突然的一声叫喊把我的思绪拉了回来。我抬头一看，已经到家门口了。我没有急于蹦下车，而是深深地凝视着三轮车。这辆三轮车就是一部书。从这部书里，我读出了奶奶的勤劳、善良、淳朴，还有奶奶对我浓浓的爱……

我有一个"风"妈妈

林希妤

我的妈妈是一名军人。她个子高高的,一双大眼睛炯炯有神。也许是和她的职业有关吧,妈妈干起事来总是风风火火的。她吃饭快,不过几分钟,饭就被她一扫而光;她干活快,只见她忙里忙外,像一阵风一样,不一会儿,房间就被她打扫得干干净净。

从妈妈的表现来看,不用我多说,大家也能猜得到,她是个急脾气的人!每天早上,我还在睡梦中呢,妈妈就风风火火地闯进房间,大喊一声:"林希妤,起床了!"话音刚落,又旋风一样转身离开。我赶紧将被子往头顶上一蒙,继续睡起回笼觉。可是没过多久,我的被子就一下子被掀了起来,紧接着迎接我的就是一阵怒吼:"再不起床,就迟到了!"唉!龙卷风的威力,谁敢小觑呢?

妈妈一直在部队工作。我小的时候,都是爷爷奶奶做饭,妈妈没下过厨房。我上学以后,我们搬到学校附近住。离开爷爷奶奶,如何填饱肚子成了我们最大的难题。我心想:这回糟糕了,再也没有美味佳肴了,我以后可怎么办啊?好胜的妈妈似乎看穿了我的心思，她胸有成竹地说："放心吧，宝贝！我一定会做好饭的！"

放学了，爸爸把我从学校接回来。到了家门口，我和爸爸一个劲儿按门铃，可妈妈就是听不见。爸爸只好用钥匙打开房门，我马上就听见了抽油烟机的声音和妈妈炒菜的声音。我打开厨房的门，那一刻，我被眼前的景象惊呆了！这哪里是之前干净的厨房啊，案板上、地面上到处都是菜叶子，锅碗瓢盆摆得到处都是，真是一片狼藉。

我问爸爸："我们家这是刮台风了吗？"爸爸张着大嘴，愣愣地说："不！台风算什么？这明明是飓风，破坏力超强！"再看妈妈，她做饭也太专注了，竟然没听到我和爸爸在说话。只见她一手拿着手机（估计是在查资料），一手拿着铲子快速地翻炒着菜。我走到妈妈跟前，拍了拍妈妈说："我回来了！"妈妈猛地转过身子，手里的铲子向着我的头扫来，幸亏我反应灵敏，退了一步，否则后果不堪设想。妈妈一脸的惊魂未定，她一边用手拍着胸脯，一边说："吓死我了，你们什么时候回来的？"

唉，依我说，我的"风"妈妈这会儿升级了，变成"疯"妈妈了！

我的"风"妈妈风格还很多变呢！比如她对待左邻右舍，就像夏天的风那样热情洋溢；在我遇到困难的时候，她又会像暖暖的春风，把我心里的桃花都吹开了；当然了，在我犯错的时候，妈妈也会像秋风扫落叶那样，对我毫不留情！

我想对妈妈说："不管您是哪种形式的'风'，我都永远爱您！"

观纵横交通，秀文明风采

彭子藤

　　交通，是大都市灯光下的车流不息，它守护一份热闹与喧哗，在火热的生活中引吭高歌。交通，是世间文明下的真谛，它勾勒一份人情与真爱，在人性的光环中闪闪发光。观纵横交通，展精神风貌，秀文明风采，听安全真谛。

让一让，让出精神

　　在乡村小河上，跨着一座古桥，它没有现代化桥梁的钢筋交错，也没有现代化桥梁的宽阔畅达，但经承载着文有的记忆。那是个烈日炎炎的中午，在窄窄的小桥两面停着两辆车，它们不是因为争执而停，而是因为礼让而停。只见一位白发苍苍骑着破旧三轮车的老汉，蹒跚地将三轮车推向一边，朝对面喊了一声："小伙子，你的车大，你先走吧！"而桥那头传来一声："老爷子，您来得早，您先走吧！"在声声对话中，老汉先过去了，随后小伙子也过去了。

　　简短的对话沧桑而有力，似三月的风，吹暖了匆匆过往的路人的心；似六月的细雨，汇成一股股文明的暖流。

文明交通，从让开始，让一让，让出精神。

停一停，停出文明

正值放学和下班时间，宽阔的校门口人声鼎沸，车水马龙，虽然有些拥挤，但却秩序井然。累了一天的人们，原本可以争分夺秒地抢着回家休息，但是他们没有争抢。仿佛宽阔的校门口成了一座分水岭，路那头人们停车等候学生先走，路这头学生们秩序井然地快步离去，短短几分钟，马路上空无一人，留下的不只是空寂，而是世间最美好的祝福。

寥寥几分钟，虽短暂却深远。似四月的雨，唤醒了沉睡的大地，似七月的天，给人以温暖的阳光。因为文明，少了拥挤，多了欢笑。

文明交通，从停开始，停一停，停出文明。

等一等，等出安全

在红绿灯下，车来车往，一位位大学生，身穿义工服装，疏导着过往的行人，他们有时扶老携幼，有时教育违反交通规则的小朋友。他们的嘴里常说："红灯来了等一等，等出安全，做到文明出行。"一位位活力四射的大学生，在街头展现出文明的风貌，更展现出了祖国文明之邦的风采。

小小的身影虽渺小却伟大，似五月的水，满怀信念和力量，似八月的果，收获了一丝充实的喜悦。因为文明，少了几次违章，多了几道安全防线。

文明交通，从等开始，等一等，等出安全。

纵观交通，秀文明风采；横看交通，展天下奇言；侧赏交通，做安全少年。让我们放飞文明的红旗，飘扬在朝阳初升的晨曦，向世人宣告"文明交通，你我同行"。

生活因素描而精彩

王馨悦

素描陪伴我五年，见证我的喜怒哀乐，见证我的成长。当我因小成功得意扬扬时，画上几笔，冲淡心中的浮躁；当我悲哀伤感郁结于心时，临摹佳作，勾勒几笔，舒缓我的怅惘。我的生活因素描而充满期待和活力，我的生活因素描而精彩。

小时候常听人说，素描是一件再枯燥不过的事，一坐几小时，只有灰与黑，单调得很。但兴趣是最好的老师，当我第一次在美术馆里见到栩栩如生的素描作品，我就心生向往，向往那样简练的线条，我找到了我的乐趣。

其实，学素描是一件挺辛苦的事，坐在椅子上一动不动，只不停地用铅笔勾勒。画到背部肌肉发僵，手出汗，肩膀酸痛。不过，当我看到自己的作品有进步时，会觉得辛苦是值得的。当我看到自己的画技一点点进步，我感到欣喜，感叹我的生活因素描而精彩。

当我在署假里不想面对如山的作业时，我拿起笔，摊开范书，支起画板，选择了一幅高尔基的侧画像。我开始构图，框形，细描，塑五官，绘阴影。我盯着范书，端坐拿笔，一笔一画地描绘，一条条清晰硬朗的线条组成了完整的图画。听着笔尖与图纸摩擦的沙沙声，仿佛组成了一首乐章，韵动着新节奏。一幅画即将完工，看着这些或深或淡、或柔或刚的线条，我突然得到了一些感悟——

生活就像一幅完整图画，一件事就如一笔线条，千千万万笔构成一幅画，每一笔都是不可或缺的，画作也因每一笔而精彩。现在，我的恐惧不就是来自那些历练吗？没有这些历练，怎么能构成我多彩的生活？读书学习是每个人的必经之路，缺少读书的历练，生活就会索然无味。我只能用心学好知识，培养情操，就如我画好每一笔，才能构成一幅好画。我的烦恼，因素描迎刃而解，我的生活因素描而精彩。

梅花香自苦寒来，只有付出努力，才能收获珍贵。素描就像我的挚友，为我拨开云雾，使我不骄、不恼、不躁，磨炼我的脾性，平静我的心。愿素描成为我一生的挚爱与追求。

逃离的锦鲤

周　逸

　　一次路过某家商店，我发现在墙角的一排水族箱里，养着一群群颜色各异、五彩斑斓的观赏鱼。我不禁驻足而望，回想起一段往事。

　　以前，学校里有一个池塘，里面的鱼不下百条，而且都没见过世面，也不认得什么叫鱼钩。我和爸爸经常去那里钓鱼，甚至都用不上蚯蚓，只要在钩上粘一粒米粒，抛到水里，不一会儿，就会有鱼上钩。

　　那是一条很漂亮的鱼，全身都呈现出一种淡淡的金色，点缀着一块块的红斑，尾巴又长又柔，在水里显现出一种鬼魅般的玫瑰金。它长得很讨人喜欢，我刚看了一眼就爱不释手。

　　我每隔几天就给它换水、喂食，把这条小鱼照顾得很好。

　　可是，意外总会有的……

　　一天晚上，天空下起了瓢泼大雨，我想让我的鱼感受一下来自大自然的馈赠，就把鱼缸放到了屋外的阳台上。但我第二天醒来，发现鱼不见了，一股彻心的悲伤涌了上来。昨天的雨势虽然大，可时间并不长，而且鱼缸里的水也没有满，难不成雨把鱼给淋死了？那总该有尸体吧！

　　徘徊辗转到了楼下，终于在我家阳台的垂直下方发现了它的尸体。它还是那样艳丽妖娆，仿佛和生前一样，只不过它的尾巴残缺，鳞片在阳光下一闪一闪。

　　我忽然醒悟，它是一条锦鲤，拥有强健的尾部，跃出这点儿高度的鱼缸对它来说不成问题。可能就在它要逃离的那一刻，它还满心欢喜地认为自己就要回家了，回到那个出生的地方，可是迎接它的并不是温暖的池塘和昔日的伙伴，而是硬硬的水泥地。就这样死了，难道不会后悔吗？为何它宁可死，也要离开这个鱼缸，去追寻那心中缥缈的自由？

　　我久久地看着商店里的小鱼，似乎已经能猜到它们的结局。反抗吧，就算付出生命的代价，也要表明自己的意愿。

　　我从那条出逃的锦鲤身上看到了无畏的精神。从此，我再也不曾养鱼，时至今日，已经过了三年。

感受幸福

朱 涛

　　罗丹说："生活中不是缺少美，而是缺少发现美的眼睛。"我要说，生活中不是缺少幸福，而是缺少感受幸福的心灵。

——题记

幸福是移动的车位

　　车库的过道里有两个公用自行车位，每天下午放学回家，我都习惯性地把自行车停放在那儿。邻居下班比我放学晚，他的自行车每次都停在我自行车的外侧，而我早上上学比他上班早，每天早晨总要先放下书包，搬开邻居的车子，推出自己的车后，再将邻居的车摆放好，然后才能骑车上路。对早晨时间十分紧张的我来说，这一环节的"折腾"既费力又费时。可最近不知怎么一回事，每天早晨我的车都会自己"跑"到外侧来，我可以推车就走，心里别提有多开心了。

究竟是谁在帮我呢？我一直纳闷儿。直到一天晚上，我下楼倒垃圾，忽然在车库门口看到了一个熟悉的身影，是爸爸在挪车！两辆车都上了锁，不好推着走。他一手握着车把，一手捧着车座，把自行车倚在身上，先依次挪开两辆自行车，再将邻居的车挪到内侧，将我的车挪到外侧。看着这一幕，我的眼角湿润了。

原来，幸福就在这每天移动的车位上。

幸福是深情的守望

每天中午我放学回家，迎接我的总是热腾腾的饭菜。奇怪的是，每次我刚刚踏上二楼的楼梯，门就开了，根本无须敲门，我可以直接推门而入。询问父母后才知道，原来每到我放学的时候，收拾好饭菜的奶奶就会站在阳台上朝小区的东大门张望，期盼我早点儿回来吃饭。只要看到我的身影，就提前为我开门。

一次，我故意从北门进入小区，蹑手蹑脚地用钥匙开了门，发现奶奶正伫立在阳台上，深情凝望着远处的东大门。她尽量挺直自己已经佝偻了的背，好看得更远。可以想象，当一辆辆自行车驶入小区，而"过尽千'车'皆不是"的时候，奶奶该是何等的焦急和不安啊！泪眼蒙眬中，奶奶的背影成了一尊定格在我心灵深处的雕塑。

原来，幸福就在奶奶那深情的守望里。

幸福在不停传递的菜肴中

一家人和和美美地坐在一起吃饭的幸福感可以说是不言而喻。每次吃饭,爸爸总是给奶奶夹菜;奶奶呢,总是不停地给我夹菜,还不停地叮嘱我"慢点儿吃,别噎着";我呢,总忘不了给妈妈夹菜。

这样的话,我家的餐桌上可就热闹啦!比如吃鱼吧,鱼肚上那块鱼刺少的鱼肉便会传来传去,但最终自然还是我吃得多。其实在我眼里,这传递着的已经不仅仅是菜肴了,更是我们一家人之间的那份血浓于水的亲情。

原来,幸福就在这不停传递的菜肴中。

家是幸福的港湾,只要我们学会用自己的眼睛去观察,用自己的心灵去体会,我们就会发现,幸福真的无处不在、无时不在。

年味十足的春节

邹雨晗

春节前,老爸说今年我们回老家过年。我听了兴奋得一蹦三尺高,因为我终于可以过一个热热闹闹的春节,一个一家十几口大团圆的春节,一个年味十足的春节。

这个春节,年味儿在圆圆的糍粑里。

二十八,舂糍粑。在老家,舂糍粑可是春节前的一出重头大戏。这不,为了让我感受一下老家舂糍粑的热闹气氛,腊月二十八早上六点半,妈妈就喊我起床了。只见奶奶将早已蒸熟的糯米饭倒入一个石缸(老家叫"粑臼")中,爸爸和大伯一人双手握住一根粗壮的木槌(中间细两头粗,老家叫"粑槌")。刚开始,他们轻轻地用粑槌在糯米饭上按压,过了一会儿,糯米饭不是一粒粒的了,而是黏到了一块儿,爸爸和大伯开始你一下我一下地猛力交替着用粑槌往粑团上打。他们配合得那么默契,打得那么精准。十来分钟后,糯米饭魔术般地变成又白又软的大粑团了。只见爸爸和大伯围着粑臼转了两圈,大粑团牢牢地黏在了粑槌上。他们举起大粑团,把它送到一个铺了细米粉的大团箕里,奶奶再把大粑团分成一个个小粑团。大家全都围过来,把热乎乎的小粑团揉捏成圆饼状，放进雕了花的粑印中，均匀按压。几分钟后，把粑团从粑印中轻轻拔出来，一个个漂漂亮亮的糍粑像一个个待嫁的新媳妇，圆圆润润、娇娇羞羞地出现在我们眼前。现在咬上一口新鲜糍粑，软软的、糯糯的，那叫一个香啊！妈妈告诉我，待它们干了后便可以作为春节期间一样馈赠亲友的佳品。至于怎么吃，全凭主人意愿，糍粑可烤、可煎、可煮，味道可甜、可咸、可原味。

这个春节，年味儿在红红的春联里。

记忆中的春节，我都是在爸爸所在的部队过的。每年的春联都是由那些当兵的大哥哥给我们家属楼一户一户贴好。于是我觉得贴春联是一项光荣而神圣的任务。令我万万没想到的是，今年这个重任落到了我的肩上。爷爷说自己年纪大了，不能爬梯子，而我已经长高了，手又灵巧，最适合贴春联。这任务真是令我受宠若惊呢！大年三十儿吃过早饭，我一手拿着刷子，一手拿着胶水，爬上梯子，仔细地往墙上刷上一层胶。说起这胶水，还是奶奶亲手用红薯淀粉调制的哩！我放下刷子和胶水，小心翼翼地准备贴上春联。我一边轻轻地挪动春联，一边问妈妈："正了吗？正了吗？"经过十几分钟的努力，我终于把春联贴好了。红艳艳的春联给有点儿陈旧的老房子增添了满满的生机。爷爷奶奶看着对联乐呵呵地吟了起来："金鸡唱出千家喜，春贴换来万象新。我们得孙女的力啦！呵呵呵……"

这个春节，年味儿还在丰盛美味的年夜饭里，在五彩斑斓的烟花里，在热闹温暖的春晚里，在充满爱意的压岁钱里……

伴着浓浓的爱出发

伴着浓浓的爱出发

吴洪蓝

夜悄悄地走来了，窗外的星光是如此微弱。我望着窗外那片昏暗的夜空，心中难免寂寞。此时，时光的长河开始倒流，我仿佛又回到了与外婆朝夕相处、温馨快乐的日子。

在外婆的眼中，我是个永远长不大的孩子。每到冬天的夜里，我就睡不着。每每钻进被窝，总是浑身颤抖，牙齿不听话地交战着。弓着身子的我呼着热气，摩擦着那双冰冷的手，然后叹着气说："好冷啊！"

此时，外婆已洗完了衣服，坐到床边了。我拉着外婆的手臂，撒娇地向外婆要求道："外婆，好冷啊，陪我睡吧！"说完，我便露出两排白牙，用乞求的目光望着外婆。外婆被我逗笑了，露出两排不大整齐的黄牙。"好好好，陪你睡！"说罢，外婆慈祥地捏着我的小手。啊！好冰冷啊，我轻轻抖了一下。外婆那双龟裂的老手，皮皱巴巴的，粗糙极了，老年斑已伴随着无声的岁月，爬上了手背。这就是终年操劳的外婆呀，岁月还悄无声息地将白发镶嵌在了她的头上。

看着看着，我鼻尖一阵发酸。此时，外婆瘦削的身体已钻进被窝里了。我轻轻地抱着外婆，嗅着外婆衣服上洗衣粉的芳香。外婆右手搂着我，伸出左手给我垫着头，那手并不软，反而有点儿硬。"盖好被子，别着凉了！"外婆温和地说着，一股暖气扑在我前额上。一股暖流悄悄地涌上我的了心头，流遍了全身。听着外婆跳动的脉搏声，感受着暖暖的体温，我带着那份甜蜜、幸福，慢慢进入了梦乡……

外婆那份浓浓的爱，不仅在温暖的被窝里，更在充满笑声的饭桌上。

"多吃点儿，能长得高点儿！"外婆往我碗里夹了好几块鱼肉，脸上笑成了一朵花，眼角弯成月牙儿，一条条"鱼尾"调皮地跳上眼角。

"外婆，你的皱纹好多哦！"我夹着鱼肉边往嘴里送，边淘气地对外婆说道。

"是吗？呵呵……"外婆眉开眼笑，犹如一朵灿烂的云。

"你外婆老了，当然有皱纹啦，傻孩子……"在一旁的外公听了，也笑着插了一句。

而我，则在一旁偷着乐呢！但过后，一股莫名忧伤的感觉爬上了全身。"外婆真的老了吗？"我在心里默默地想着，又偷偷地瞟了外婆一眼，外婆脸上老年斑好多啊，脸上的皮肤也不再光滑了。

我和外婆，曾经手牵着手在田野上走过；曾经一起有说有笑地看着电视剧；曾经一起光着脚丫在楼上晒稻谷……那一幕幕，犹如一杯杯浓浓的咖啡，缓缓地在心头上流过。

伴着外婆浓浓的爱，迎着朝阳的光辉，我将勇敢地迈着脚步走下去！

我和爸爸"窝里斗"

朱怡阳

"别烦我！别烦我！"我双手捂住耳朵，脑袋摇得像个拨浪鼓。"好啊！你居然嫌我烦，我再也不管你了！""好啊！说话算话！"……

星期六早上，因为一点儿小事，我和爸爸吵了起来。妈妈看着吵吵嚷嚷的我们，笑着摇摇头说了一声"再见"就去上班了。我和爸爸吵累了，谁也不理谁，我到自己的房间里做作业，爸爸在阳台上玩手机，小房间与阳台之间的过道成了"三八线"。就这样，一天的冷战开始了……

我忍着怒气写完了作业，可有一道填空题不会。往常我都是向爸爸请教，如今妈妈又不在家，今天……"我自己想，自己做！"说来也怪，我左算右算，算出来的答案总是不一样，我的脑子顿时乱成了一团麻！"算了，明天再说！"我把本子狠狠地往床上一扔，我才不要委曲求全，向爸爸请教呢。

到了中午，肚子不争气地"咕噜咕噜"直叫，我肚子一挺，刚想叫："爸爸，我饿了！"但想了想，又把快叫出口的话给咽了下去！哼，他是我的"敌人"，在我眼中他此时就是邪恶的灰太狼,我是正义的喜羊羊,要与灰太狼斗争到底,怎么能问"敌人"要吃的呢?我只好去对面超市买了一包干脆面。路过客厅时,我望了一眼,爸爸正津津有味地吃着三菜一汤。饭菜的香味扑鼻而来,我仿佛感觉到粒粒米饭在我跟前跳舞。

"来来来,过来吃两口。"爸爸一边笑嘻嘻地说,一边"呼噜呼噜"地喝起汤来。人不能低下高贵的头颅,我"哼"了一声,眼睛却偷偷地瞄了一眼盘子里的红烧鱼,故作高傲地走进房间,吃起了干脆面。这次我对干脆面有了深刻的体会——干脆面可真干啊!凉开水在爸爸的房间,我也不好意思去拿,啃了好久才把一包干脆面啃完!

最终,啃干脆面的我向爸爸屈服,结束了我们的"窝里斗"。

擦 地 板

肖 曼

"嘻唰唰，嘻唰唰，one two three，go……"客厅里传来一阵欢快的音乐声。和着音乐，我开心地帮妈妈做着家务。我的主要任务是擦地板，卧室、客厅、厨房，所有的地板我一个人全包了。擦地板，看似简单的家务活儿，实实在在做起来会是怎样的感觉呢？请跟随我一起来看看吧！

清理头发丝

因为我和妈妈都是长头发，所以家里好多角落都散落着缕缕发丝。清理头发可不是一件容易的事，这么多发丝可怎么办呢？最简单最实用的方法就是用胶带粘。我把宽宽的透明胶带撕下来，再剪成一块一块的，蹲在地上挨着粘过去，一丝一缕的头发都被我清理得干干净净，效果真是杠杠的！

遇到顽渍

擦完客厅，我又来到厨房。擦着擦着，我遇到了一个"顽固分子"——橱柜底下的地面上有一块厚厚的、油腻腻的污渍，怎么擦也擦不掉，这可怎么办呢？有办法了，我拿出强力去污剂，对着污渍喷了不少，再拿出钢丝球反复地刷，污渍从一大块变成一小块，再变成一点点，最后，黑乎乎的顽渍终于被我擦掉了。

踩翻水盆

看着被自己擦拭得焕然一新的厨房地面，我不禁高兴得又蹦又跳。没想到，地板是被我擦净、擦亮了，但也被我擦滑了，"扑通"一声，我摔在了地上，屁股差点儿摔成三瓣。"哎哟，疼死我了！"话音未落，我的手又碰翻了身后的水盆，脏水洒了一地，也洒了我一身。我赶紧爬起来，顾不上换衣服，急忙收拾地面，擦拭地板。

经过一番辛苦的劳动，我总算把家里所有的地板都擦拭完了。望着自己擦拭的地板，干净明亮，散发出清新宜人的气息，一股成就感在我内心油然而生。

龙泉探梅

王玉橙

"闻道梅花坼晓风,雪堆遍满四山中。何方可化身千亿,一树梅花一放翁。"读着陆游的美诗,我缠着爸妈带我去黑龙潭公园赏梅。

乍暖还寒的天气,风凛凛地吹着,天空灰蒙蒙的,公园里薄雾如轻纱般缭绕。进入公园再往右走几十米,便是声名远扬的黑龙潭了。黑龙潭有一大一小两池水。大些的碧波荡漾,清澈见底;小些的则浑浊一片。几株梅花静静地矗立在潭边,水面零星漂浮着梅花花瓣,鱼儿不时将花瓣吞进口中又吐出来,像是在玩游戏。一动一静,相映成趣,相得益彰,正应了那句"两树梅花一潭水,四时烟雨半山云"。

沿着公园主路向前走,充满诗情画意的美景便映入眼帘。道路两侧的山坡上处处是梅花:枝干曲折蜿蜒又遒劲有力,宛如腾龙;花朵层层叠叠,小巧玲珑,晶莹剔透,有的洁白如雪,有的艳红如火,有的粉红似霞,真是美不胜收。凑近花枝一闻,淡雅脱俗的清香扑鼻而来,难怪王安石写下"遥知不是雪,为有暗香来"的名句呢。

看得出神的我忽然吟出岑参"忽如一夜春风来，千树万树梨花开"的诗句，心想，若是下一场大雪就好了。山峦大地银装素裹，光秃萧索的树枝上缀满积雪，在一处幽静的墙角，或在山坡远远的尽头，一两枝梅花傲雪挺立，几朵梅花顽强地从雪团下探出脑袋，在白雪的映衬下显得格外高洁。此时再踏雪寻梅，必定别有风味。我正遗憾地想着，一阵风起，一旁的树木被吹弯了腰，可那一树树梅花却迎风绽放，让我不禁感叹梅花的高贵品格。

风停了，花瓣落了一地。我轻轻地拾起些花瓣，花瓣摸起来如柔软的绸缎，又仿佛婴儿娇嫩的肌肤。"零落成泥碾作尘，只有香如故"，我仔细端详手中的花瓣，敬佩之情油然而生。

龙泉探梅，我没能欣赏到风雪中傲然怒放的梅花，却也领略出几分"宝剑锋从磨砺出，梅花香自苦寒来"的韵味。

徒步翻越羊草山

陈家俊

寒假时,爸爸妈妈带我去黑龙江的雪乡玩,我印象最深刻的是徒步翻越羊草山。

当我们抵达羊草山时,只见白茫茫一片,踩上去软软的,还"咯吱咯吱"地响,雪浅的地方只有几厘米,深的地方有一米多。我们一边欣赏着雪景,一边有说有笑地往上攀登。才走了四分之一的路程,我就觉得浑身无力,两腿发软,一屁股瘫坐在雪地上,再也不想走了。在爸爸妈妈不断的鼓励下,我拖着疲惫的身躯,勉强到达了山顶。

在山顶稍作休息,我们便下山前往雪乡。下山途中,我的脚酸痛得实在走不动了,心想:此刻要是能像雪球一样滚下去多好啊!这时,爸爸不知从哪儿弄来一个滑雪板,让我尝试着坐在滑雪板上往下滑。我们走到一个斜坡上,爸爸拉住滑雪板的安全绳,我坐在滑雪板上控制方向往下滑,没滑几米,就侧翻在雪地里,整个身体趴在雪地上,和雪地来了个亲密接触。我的胳膊、双腿因为受到撞击,开始发酸发疼。这样反复尝试了几次都失败了,我沮丧极了,索性扔掉滑雪板,在一旁生闷气。爸爸见我一副垂头丧气的样子，走到我的身旁，一遍又一遍耐心地给我讲解如何控制滑雪板，还示范给我看。经过一次次的努力，我终于掌握了控制滑雪板的技巧。不一会儿，我就溜到了山下，我兴奋得手舞足蹈，一身的疲惫顿时消失得无影无踪。

通过这次经历，我深深地感受到：无论做任何事，只要坚持不懈地努力，就一定能成功。

打羽毛球

唐婉珺

　　我的课余生活丰富多彩：在绿茵小道上骑行，在书本的海洋里遨游，在围棋的黑白世界里比拼，都是我喜欢的。不过，我最爱的还是打羽毛球。

　　在一个阳光灿烂、万里无云的下午，我和妈妈去广场上打羽毛球。我一手拿着球拍，一手拿着球，在心中默数"一二三"，然后用球拍猛地向球打去，球却不听话地落到了我的身后。我和妈妈不由自主地哈哈大笑起来。轮到妈妈发球了，她轻轻松松地把球拍一挥，球在空中划出一条优美的弧线，像一只自由飞翔的小鸟，朝我身体左侧飞来。我匆匆跑去接球，眼看球就要"落网"了，我却脚下一滑，一下子摔坐在地上。球则调皮地从我头顶溜走了。

　　又轮到我发球了，这次我格外小心谨慎。我两脚微微叉开，身体略微前倾，右手拿着球拍，左手拿着球，用球拍朝球击去，想不到，球拍没击中球，球落在了我的脚边。我不高兴地说："我不打了。"妈妈耐心地说："一种本领不是一天两天就能学会的，加油！"于是，我捡起球拍，拿起球，左手松开球，右手用球拍小心翼翼地朝球击去，球像一个可爱的精灵，在空中转了个圈，朝妈妈那边飞去。妈妈以迅雷不及掩耳之势把球打了回来。我眼疾手快，"嗖"地跳了起来，挥动球拍，球直勾勾地朝妈妈左侧飞去。她身体略微朝右倾，想去接球，结果却与球失之交臂。我高兴得手舞足蹈，兴奋不已。

　　经过锻炼，我一次比一次打得好。妈妈一次次的夸赞让我充满自信，让我挥起球拍的手臂越来越有力。打羽毛球，让我的课余生活更充实，也让我更快乐了。

我 当 班 长

李玉龙

我们班要竞选班长了，竞选那天，一共有六人发表了演说。大家一脸虔诚地听着，而我却在下面笑。老师批评我说："为什么笑话人家？"我说："他们说的都是打扫卫生、收本子的小事儿，这哪是当班长呀？"老师一冲动说："那你能做什么大事，要不这个班长你来当？"大家一哄声地笑了，我便在嘲笑声中走马上任了。

我能为班级做什么大事呢？我思前想后，决定努力提高班级的成绩。由于三、四年级频繁更换老师，我们班平均成绩最差。怎么办呢？一天，我背着老师在班上宣布："根据我掌握的内部消息，这学期结束，学校打算按成绩重新分班，现在每个人都还有希望，想不想进重点班，就看你自己的啦。"讲完后，我还不忘给他们说，"不能对外说，也不能问老师，因为现在不允许办重点班，就是问，老师也不会说的。"这一招果然见效，同学们的学习热情空前高涨。

后来开家长会时，有家长问老师是不是要重新分班，还说是谁谁在班上说的。老师向家长解释说："他胡说的，学校不会分重点班。"但是家长是宁肯信其有,还是让孩子加紧学习。后来老师批评了我,我心想:曹操不也骗过士兵说前面有片梅林吗?

上任三个月,我"得罪"了不少人,我感觉不少人都不想让我当班长。于是,我又一次背着老师在班上讲:"有不少人不服我。其实我也不想当班长,但……"话还没说完,马上就有人说:"不想当,让贤啊!"我说:"这样吧,期末考试我们比一比,语数外三科加起来,只要能把我挤出前五名,这个班长我就不当了。"下面有人说:"嘿!你输定了。"我说:"一言为定。但这事儿是君子协定,不能让老师知道。"

离期末考试还剩最后一个月,大部分同学都在为没影儿的分班而努力,少部分还抱着超过我的心态在奋斗。大家都在暗自加劲儿,在学习上的比拼几乎达到白热化。

紧张的期末考试到了,决定我去留的时刻也到了。公布分数那天,老师很高兴,她连声说:"很好,很好,很好!这次考试我们班总成绩名列年级第二,真是太不容易了!"这么好的成绩也使我们感到格外兴奋。最后,老师公布个人成绩,"第七名,李玉龙",老师宣布我的成绩时,班上有人鼓起了掌,老师有点儿莫名其妙。

课下,我主动向老师说明了一切。老师先是沉默,然后说:"你有个性,有想法,是个好班长。可能有时候做法不太正确,但是老师明白你都是为班级着想。你确定不再当班长了?""是的,我必须要遵守诺言。"我笑着说。

在我任职期间,同学的成绩都有所提升,我非常高兴。虽然我的名次有所下滑,但是当班长让我成长了很多,现在我可以光荣卸任了。

教授老爸的烦恼

韩天悦

我的老爸是大学老师,他是一名副教授,哦不,应该是名副其实的"教瘦"——越教越瘦。在妈妈持续不断的营养大餐攻击下,我猛蹿个头,妈妈猛涨体重,只有可怜的老爸,默默地瘦下去,瘦下去……这是为什么?因为老爸的烦恼特别多。

暑假第一天,老爸就愁眉苦脸地对我和妈妈说:"有件事我很烦恼,你们帮我拿个主意。"我的心里"咯噔"了一下。放假前,我就和老爸说好假期一起去旅游,老爸还积极主动地上网查旅游攻略,难道计划有变?只听老爸说:"下学期要开一门新的专业课,指定由我来教。这门课涉及很多最新的科技知识,我想利用假期到图书馆查阅资料,好好备课。可我又想和你们出去旅游,你们说,我该怎么办呢?""老爸呀,您可是年年被学生们评为'心目中的好老师',怎么能这么贪玩呢?您一定要对学生们负责任啊!"我真替老爸着急。旅游,以后有的是机会,要是耽误了备课,就会有损他在学生心目中的光辉形象!这么简单的道理都不懂,这不是自寻烦恼吗?于是,在我苦口婆心的劝说下,老爸终于放心地备课去了,而旅游计划也终于"泡汤"了。

批改试卷也是老爸最烦恼的事。为了不耽误成绩汇总，他经常连续几天批改试卷到深夜。批试卷不就是打几个对号和错号吗？他怎么批得那么慢呀？我跑到老爸跟前一看才发现，原来老爸不只在试卷上批对错，他还要把一道道错题分类记录到备课本上，这样下次上课的时候就能给学生们讲讲。"你来得正好，"老爸抓住我，"试卷我都批好了，快帮老爸算算分数，我最愁算这个了。"不过是一百以内的加减法，我的教授老爸竟然找我这个"口算大王"当救兵。看着他一脸烦恼的样子，我没忍心打击他，静下心来一张一张地算分数。"真是我的小棉袄呀！"老爸拧着的眉头舒展开来。真没想到，算分这种小事也能让老爸烦恼，以后，就全交给我了！

　　老爸的烦恼还有很多：贫困学生没钱交学费，他烦恼；学生毕业找不到工作，他烦恼；学生没考上研究生，他烦恼；就连学生因为和女朋友分手喝醉酒，老爸也半夜起来去安慰……看着老爸越来越瘦，皱纹越来越多，头发越来越少，眉间的"川"字也拧得越来越深，我只能默默地叹口气：老爸，您的烦恼啥时候才能少一点儿啊？

电动车上的唠叨

沈　昕

　　妈妈的唠叨无处不在，电话里、餐桌上、清晨还没有醒来的睡梦里……哦，对了，还有电动车上。

　　"在学校不要打闹，上课不要做小动作，不要分心，要注意听课，要听老师的话，要和同学好好相处……"千篇一律的"三要三不要"，从我坐上电动车的那一刻起，就像机关枪的子弹一样向我射来。"哎呀，知道了知道了，你还不放心我吗？"

　　放学后，我像脱缰的野马，飞奔到妈妈的电动车上，迫不及待地把测试取得好成绩的喜讯告诉了她，又把校园里发生的趣事绘声绘色地描述给她听。我一边讲，妈妈一边唠叨："考了满分是好事，但不要骄傲，要做到胜不骄败不馁……""课间十分钟不要在楼梯间、操场上和同学们玩闹，危险无处不在。"唉，妈妈就像个电动小马达，永远不停。

　　日复一日的唠叨在大多数的时间里让我厌烦，但也有让我感动和愧疚的时候。

　　妈妈说，她以前很喜欢听雨，可自从我跨进幼儿园大门的那天起，她就害怕下雨，因为雨天接送我放学上学比较麻烦。记得一年级的时候，有一天细雨绵绵，妈妈用雨衣把我包裹得严严实实的，她一边小心翼翼地骑车，一边不厌其烦地提醒我坐稳，脚放好，抓好后座上的扶手。半路上，雨突然下大了，瓢泼似的。妈妈被淋得全身都湿透了，但她还不忘唠叨，让我坐好。在躲避一辆大货车时，妈妈紧急刹车，一下子把我甩到了地上。见我坐在泥水里大哭，妈妈扯着嗓子吼我怎么不牢牢地抓住扶手，之后又心疼地抱起我，检查我有没有受伤。看着满脸雨水和泪水的妈妈，我觉得她既可怜又狼狈。但突然间，我好像明白了什么，心里酸酸的……

是的，妈妈是爱我的。她恨不得用生命中的每一分每一秒来呵护我，不分地点，不分场合，所以，才有了电动车上的唠叨。

电动车上的唠叨，让我厌烦又感动。

我的第一次骑行

彭思源

今天一大早,我就起了床。吃完饭,背上包,戴上漂亮的头盔和头巾、酷酷的墨镜和手套,推着我的小赛车,和爸妈从郫县出发了。我们的目的地是都江堰南桥。这是我第一次真正意义上的骑行,没有紧张,但有点儿激动,我感觉自己很兴奋。妈妈说这次骑行来回有八十多公里的路程。我对距离没有概念,所以并不畏惧。再说了,有爸妈在,我不用担心。妈妈说我是初生牛犊不怕虎。

一路上,微风习习。公路两旁鲜花盛开,不时有蝴蝶在花丛中跳舞。骑行了五公里,我感觉有点儿无聊,于是我高唱歌曲《我相信》,给自己找乐子,也给自己增强信心。感觉到累时,我就跟爸爸妈妈说我要喝水,借机歇一会儿。骑到聚源镇时,太阳公公露出热情的笑脸,烤得我皮肤发烫。

突然,边骑行边看美景的我一不小心摔倒在了路旁的草丛里。好险,差点儿就掉到草丛后面的沟渠里了!我没向爸妈呼救,因为我觉得我能自救。我爬起来,把车推到公路上,却把爸爸妈妈吓坏了。在路上,不时会碰到骑车的大哥哥、大姐姐,他们见到我都向我竖起大拇指，还给我加油，这满足了我的虚荣心，也让我更有信心骑到目的地了。

经过三个多小时的艰难骑行，我们终于到达了目的地——都江堰南桥。妈妈问我有什么感想，我只想说累，但看见大人们用赞许的眼光看着我，又不好意思说出来。

为了奖励我，爸妈请我吃大虾！午饭后，我们坐在河边吹风，我拿出一本书，一边享受凉爽的河风，一边津津有味地品味书香，好不惬意。下午三点多，我们准备回家，从都江堰南桥启程。回去时是下坡路，我感觉比上午的时候轻松不少。骑到友爱镇时，我享受了一次骑马的快感。爸爸说这也是奖励我的一项内容。晚上六点多，我们终于到家了。今天骑行全程八十二公里，我挑战自己成功！

经过这次骑行，我明白了一个道理：坚持就是胜利，只要不怕吃苦，就能战胜困难！

分享小秘密

你是我心中最美的时光

刘玲泉

> 青春,花一般的年纪,花一般的你我,谱写出了人生最美的时光。
>
> ——题记

时光如沙漏,一点一点地流逝着;却又不似沙漏,可以从头再来。也许就是那不经意间的一瞬,我们相遇了。从此,彼此的心里便多了一个人的位置;从此,生活中便充满了欢笑。

还记得小的时候,我们总会手牵着手一起回家,迎着夕阳,踏着同样的步伐。手拉手的我们,走在河边的小路上,衬着树叶"沙沙"的笑声,我们的影子依偎得更近了,一同藏进树林的深处。

还记得,小学毕业前的那个夜晚,我们坐在石榴树下,谈论着彼此的梦想,忽然,你转过头坚定地说:"我要和你上同一所中学,去一个有你的地方!"我错愕了一下,只答了一个字——"好"。那时,正是石榴花盛开的季节,月光下的花儿更显绯红,充满生机。站在我面前的你,竟是如此执着,让我移不开视线。平时，我总是小心翼翼地呵护、照顾着身体不好的你，可就在此时此刻，我却突然发现，其实自己才是被保护的那一个。往常，我总会拉着你一起玩、一起回家，还自以为是地认为在保护你。现在想想，其实是自己害怕孤单吧，或许，这就是我们之间的默契。

青春，最美的时光，我与你一起度过。与你在一起的日子快乐像星星一闪一闪，我把它装进了心底的许愿瓶，希望它能生根发芽，许你一树欢声笑语。

时光荏苒，你我已不见当年的稚气；不变的，是那珍惜彼此的心。感谢时光，让我遇见了你。

如果说人生像列车，做直线运动，那么青春就是人生的起点。你说会陪我看遍这世间的美景，但是好朋友，我想告诉你，你才是我心中最美的时光。

三公和黄杨木雕

金君曼

黄杨木雕是我国的非物质文化遗产,也是我们乐清的民间艺术。我的三公就是做黄杨木雕的。

我第一次见到黄杨木雕就是在三公的家里。他的书架上放着"群马奔腾"的木雕。见我有兴趣,他告诉我:"黄杨木雕是以黄杨木为原料制作的,我主要雕动物。来,我带你去我的工作室看看吧。"说罢,三公戴上口罩,也递给我一个口罩。他把工作室的门打开,顿时,一股黄色的粉尘扑面而来。虽然我戴着口罩,还是使劲儿咳了几声。我想,即使长期用粉笔在黑板上写字的老师,也不会吸入这么浓的粉尘吧?

三公扬了扬手,我们眼前的事物逐渐清晰了起来。我看到了满架的木雕——准确地说,是满架的动物木雕:这匹马腾云驾雾,像要飞起来似的;那头牛俯首劳作,一副勤勤恳恳的样子……我好奇地伸出手,想摸一摸这些木雕,却被三公制止了。他说:"这些木雕不能随便摸,如果摸坏了,谁也赔不起。"

三公走到一只木雕兔的边上,说:"这件兔子木雕还是未完成品。"我仔细地看了看那个兔子木雕,看不出有什么未完成的地方。三公指了指兔子的眼睛，在上面补了几刀，原本木讷的兔子立刻变得活灵活现，双目炯炯有神。

　　三公要开始工作了，他把我往外推，说："里面粉尘太大了，你吸进去会影响健康的。"我只好扒着门缝看三公雕刻。只见三公拿出一块黄杨木，先仔细地打量了一下它的外形，接着自言自语地说："就做一只神气的猴子吧！"他先用大刀大块大块地剔除杂质，等到猴子的雏形已经基本显现出来的时候，再改用小刀刻。三公几乎是把脸贴在黄杨木上，用小刀小心翼翼地剔除多余的部分。很快，一只猴子的外形就被精准地雕刻出来了。三公又拿出一个磨轮，准备把"猴子"的表面打磨光滑。一瞬间，工作室里又变得一片朦胧。由于粉尘的干扰，我看不清三公的动作细节，但我可以看到三公的手腕在灵活地转来转去，动作像行云流水般美妙。我心中暗暗称奇，同时也冒出一个念头：三公把我赶出他的工作室，是不是怕我偷学他的手艺呀？

　　后来，三公告诉我："黄杨木雕是从宋元时期开始繁荣的。以前，每到元宵佳节，在龙灯会上就会有人卖黄杨木做的小佛像。现在，黄杨木雕成了收藏品，雕刻手艺也在慢慢流失。"

　　我真希望黄杨木雕能传承下去啊！

机器人，你不懂爱

周晓冉

公元3018年的一天——这天是我的生日，我穿上防辐射服，吃了几块微缩饼干和氧气片，乘上光速飞机回了一趟家。

几秒钟后，我就来到了家门前。我开启了眼球识别系统，门"唰"的一声消失了，我迈步走了进去。令我惊讶的是：家里有一个陌生人！

"回来啦，沙发上是给你的生日礼物！"妈妈亲切的声音从我身后传来。"还不快叫姐姐？"就听沙发上端坐着的小男孩儿僵硬地叫出了声："姐——姐——"机器人？我作为一个坚定的反机器人主义者，第一个念头就是抗拒。我回过头，质问妈妈："为什么要买机器人？我好不容易才从太阳黑子研究中脱了身，难道这珍贵的小长假要和机器人一起过吗？"看我的态度这么强硬，妈妈的声音有些颤抖："你、你那么忙，也没时间常回家看看，陪陪我和你爸。我就是想借你生日这个契机买个机器人，好有'人'照顾照顾我们……"说到这儿，妈妈停了一下，"万一我有个什么三长两短……""别说了！"我打断了妈妈的话，"好了好了，机器人就机器人吧。"

接下来的两三天，我真是有种想把这个"伪弟弟"恢复出厂设置的冲动。

第一天：我忍

早上刚起床，我就看到了这样的一幕："乖儿子，来，饿不饿？"妈妈向"弟弟"招了招手。更令我毛骨悚然的是，那机器人"弟弟"竟然撒了个娇："饿，人家饿！"简直毁三观！妈妈居然还用同样的语气回答："宝贝儿，想喝什么口味儿的汽油？""柴油！""弟弟"立刻两眼放光。我在心里冷笑：狐狸尾巴终于露出来了吧？没想到，妈妈竟然一连给了它三大壶柴油！我的天哪，那可是一个普通机器人三个星期的量！见"弟弟"有滋有味地喝着，我欲哭无泪：妈啊，有空，你也管管你亲女儿的早饭吧！

第二天：我再忍

"妈妈，人家没有新衣服穿了啦！"又是这样肉麻。"乖乖，给你买了哦。"妈妈抱出一大摞衣服。"来来来，喜欢哪件你自个儿选。"放着短袖衬衫不穿，"弟弟"拿起一件长裙："这件我喜欢。"我的天啊，那不是我的裙子吗？是不是编程时弄错性别了啊？"虽然有点儿奇怪，不过乖乖喜欢就好！"妈妈的反应让我顿觉五雷轰顶。

第三天：忍无可忍，无须再忍

在妈妈同意"弟弟"占用我的房间时，我再也忍不了了。我一个箭步冲上去，揪住"弟弟"的衣领，正准备破口大骂，突然，地面剧烈地震动起来——是地震！"弟弟"一下子扑在了我的身上……

第四天：等待救援

"弟弟"压在我身上，三个小时过去了，我俩一句话都没说。终于，我打破了这种尴尬的宁静，问了一个有些深奥的问题："你懂不懂什么叫爱？不是喜欢，也不是好感，是一种伟大的情感。""弟弟"思索了许久，说："不知道。"

"你爱妈妈吗？"

"不知道。"

第五天：获救

我喝着仅剩的一点儿水维持着生命，而"弟弟"似乎已经奄奄一息。终于，就在我觉得希望渺茫时，上方传来了搬动石块的声音。"有人吗？""有！有！"我兴奋极了，在重见光明时，我热泪盈眶。

第六天：我会让你懂得什么是爱

"真的救不回来了？""是的，机器人脑子里的电路已经严重损坏了。您说在瓦砾下它回答了您的问题？那简直是个奇迹，它竟然冒着短路的风险与您交谈……""那好吧，把它的记忆芯片给我。""呃……记忆芯片损坏了大半，也就是说，它只记得出厂后的一些事……""没关系。"

我要让这个小机器人懂得什么是爱。当它再次坐在我家的沙发上时，我会微笑着和他打招呼——

"你好，弟弟。"

妈妈变了

高鸿芯

手机改变了人们的生活,新闻上曾说手机让人际交往变成了"人机"交往,我家也有这么一位热衷和手机交往的人——我的妈妈。

我妈妈长得漂亮,人也很贤惠。她还是一位运动爱好者,每天都要到操场跑步、打球。可是,自从接触了电商以后,她就变了。

"嘀……"手机进来一条微信。妈妈像触电一样,拿出手机,划开屏幕上的锁。只见她的纤纤玉手一点手机,应用界面就打开了。妈妈快速看着信息,眼睛一眨不眨,"太好了,又有人要买洁面乳了。"妈妈的眼睛眯成线,眉毛弯曲,嘴角往上扬,哈哈大笑。

妈妈懒得打字,她选择了语音回复。"亲,您的地址我已经记下了,马上就给您发货,质量包您满意。"她迅速取来快递单,填上客户的地址和电话,接着,她又给快递员打了个电话,这才心满意足地继续看电视。

以前,妈妈不怎么打电话,有电话也是长话短说。自从做了电商后，朋友多了，她的电话也多了起来。只要有人打电话来，她总能说上一通，在电话里聊得开心时就哈哈大笑。有时朋友讲到伤心事，妈妈就想办法安慰她，她的时间就这样被消耗掉了。

有一天晚上十点多了，妈妈还在煲电话粥，我叫她睡觉，她一边打着电话一边朝我使了个眼色，意思是叫我不要打扰她。过了一会儿，我终于忍不住，拉着她的手，让她挂电话。她匆匆忙忙挂了电话，心里是一百个不乐意。"妈妈这叫培养客户，你知不知道，妈妈是想让她来买洁面乳呢。"我摇了摇头，彻底无语。

妈妈，您什么时候才能变回原来的体育爱好者啊！

书包里的流年

杨童舒

无意间，我看到自己小时候背着旧书包的照片，万千心绪涌上我心头——

还记得，那时候的我年少无知，总是羡慕堂哥背上书包后的成熟与帅气。我跃跃欲试着，想要将那大书包挂在身上，怎奈瘦小的肩膀承担不起如此重负，没等走上三四步，巨大的力量就会在身后把我拖个人仰马翻。大人们都笑我不自量力，但我仍然执着，一次又一次徒劳地尝试着、失败着……

岁月一天天流逝，转眼，我上幼儿园了。我拥有了自己的书包。因为拥有那个印着"美羊羊"和"小灰灰"的书包，我自豪了很久，逢人便说。那段时间堂哥都不敢来我家了，不然，我一定会跟他炫耀上半天。

那个小小的书包成了我的宝贝，一秒看不见，我便会用无声的哭泣默默抗议，直到它出现在我眼前。那时的我连吃饭、睡觉也要抱着书包，因为小小的书包装的全是一篇篇烂漫的童话。

我要上小学了，当成堆的书被装入书包时，我第一次感觉到了书包的神圣。对我来说，学校生活是未知的，但我一想到就要和昔日的玩伴分别，我的心就蒙上了一层淡淡的忧伤。曾经给我带来满足的宝贝，此时如同我的心情一般，沉甸甸的，像装了大石头似的。

上小学后，书包已不再是玩物，背在身上，成了一种责任。学习任务越来越重，女孩儿之间的攀比也越来越多，卡通与可爱也不再是时尚。同学们的书包纷纷成了"酷哥"，我的"小萌妹"自然跟不上潮流，备受讥讽。虚荣心让我自寻烦恼。

终于，我如愿了，新书包到家！我眼前一亮，它真是十足的酷！到了与"小萌妹"分别的那一天，我心中又生出绵绵的不舍之情。我抱着旧书包大哭了一场，才肯让妈妈将它扔掉。第二天，我背着新书包去上学，刚进教室就引来了不少惊讶的目光。那目光里，还包含着许多的羡慕。我的书包果然是与众不同，我上学的路上，总有人说我的书包漂亮。我喜欢偷偷在书包中藏一本漫画书，上课时小心翼翼地夹在课本后，然后忍着不笑出声；我还喜欢在书包中装几袋辣条，和小伙伴们一起分享，最后被辣得直吐舌头。

如今，新书包又重了许多，我也长大了，不再提及旧书包，也渐渐淡忘了过去和书包之间发生的那些故事。

书包里的流年，如小溪一般潺潺流过。书包里的流年，有太多美好的回忆……

将来，我还会有新的书包，书包的负担会越来越重，我也会越来越懂事，承担好属于自己的责任。小书包中温情的记忆将被一一卸下，种在我的梦里，浇灌着我简单的幸福。

坚持就是胜利

武永学

热闹欢腾运动会，太平学子显雄威。在这秋高气爽的11月里，我们迎着秋日的阳光，伴随着收获的季节，迎来了欢快精彩的校运会。

今天是我参加一千五百米比赛的日子。我坐在营地上，拿着棉花用力搓着脚踝，可能是太紧张的缘故，我连续上了三次厕所。和我一起参加比赛的振宁拍了拍我的肩膀，说："不用紧张，像平时一样跑就行了。"我听了，笑了笑，深深地吸了一口气，尝试着冷静下来。这时广播通知男子一千五百米的运动员去起跑点集合。于是，我打开葡萄糖喝了下去，向起跑点跑去。

当我真正站在起跑线上时，反而镇定了很多。"各就各位，预备——砰！"枪声一响，我慢慢靠里边的跑道跑，刚开始处于第五名，我稍微用了一点儿力就跻身前二名，我追赶的目标是第一名。我紧跟着第一名，第一名同学见我追上来了马上加快了速度。我本想冲上去超越他，但班长在跑道外说："这是第一圈。"我一听，心想：我们的跑道一圈人有二百五十米，一共需要跑六圈。第一圈就浪费这么多体力，不值。我选择了保持速度，让第三名追不上，同时又紧紧地跟着第一名，保持一定的体力。到了第四圈的时候，我觉得时机成熟了，可以超越第一名了。刚想超越就被后面的同学踩到了后跟，我心里暗暗叫苦。我再次跑到起跑点时，班长提醒我："这是第五圈了。"听了之后，我稍微加快了速度超过了第一名。就在这个时候，我觉得胸闷，上气不接下气，脚有一些隐隐作痛，心脏"怦怦"不停地跳，感觉有点儿支持不住了。我想起了平时练习的技巧，每三步一呼一吸，我知道，我现在到了"极点"，我一定要坚持下去，不能半途而废。

"砰——"枪声再次冲击着我的双耳，我知道，这是最后一圈了。我竭尽全力冲刺，在心里暗暗给自己打气：一定能行的！还剩下五十米，我的脚突然软了，差点儿倒在跑道上。坚持！坚持就是胜利！我不能在最后一刻倒下。五十，四十，三十，二十，十米，到了！我顿时四肢无力，倒在了同学们的怀抱里。

我赢了。这次一千五百米长跑，让我感触颇深。让我深深地体会到坚持就是胜利的深刻内涵。我想：任何事情，只要掌握要领，做到持之以恒，就没有不成功的道理。

下次我再来看你们

史均成

当一缕橘红的阳光透过图书馆的窗户,照到我的脸上时,我打了个呵欠,又伸了个懒腰。

"一天又要过完了,我做了些什么呢?"我自言自语道。"感叹呢?大诗人!今天咱们不是在图书馆里泡了一天嘛。"坐在旁边的妈妈看着我,微笑着说。

我确实有点儿感慨。今天一大早,我和妈妈坐了一个多小时的公交、地铁,为的就是能在图书馆里多看一会儿书。可是时间走得太快了,无奈呀。这不,妈妈已经开口了:"咱快走吧,我的肚子早就'咕咕'叫了。"

我低下头,望着桌面上那些我精挑细选的书,好像想起了什么。我赶紧对妈妈说:"妈妈,等等,快给我纸和笔用用。"妈妈从包里拿出纸和笔,问:"你想干啥?""呵呵,一会儿你就知道了。"我露出了神秘的笑容。

我在纸上快速地记下了工具书在书架的第几排、第几行,然后,我把那些还没来得及看的书全部抱向很少有读者踏足的地方——工具书书架。我把一本《狼王梦》放在了一本厚厚的工具书后面，又把《手斧男孩儿》《作文里的秘密》《彩虹鸽》放在了各种工具书的后面。我美美地想：下次到图书馆的时候，我就不用担心借不到这些书了。我就像松鼠为过冬储存粮食一样，为下次能看到好书做好了准备。我可真聪明！

啊！有人来了！我本能的反应是怕被图书管理员发现，结果我一转头，看见了妈妈，她正在把我辛辛苦苦藏好的书拿出来。"妈妈，你在干什么？"我喊道。妈妈反问我："你刚才做了什么？你知道你这种藏书的行为会给图书管理员整理图书带来多大的麻烦吗？愣着干吗？还不快和我一起把书放回原来的地方！"

回家的路上，我一言不发，妈妈也没说什么。到家后，我终于开了口，向妈妈承认了下午犯的错误。

心爱的书呀，下次，我再来看你们，你们可要等着我哟！

车站的报刊亭

杨蕊昕

　　学校的车站旁有一个"爱心亭",也就是报刊亭。报刊亭的主人是一个阿姨。报刊亭里出售各种各样的东西,有零食,有报纸,有时装杂志,还有饮料,等等。我觉得它根本不像报刊亭,而像个"零食加油站"。有时候,我没吃早餐,或是放学饿了,在报刊亭买吃的最方便——你放心,报刊亭从不卖"三无"食品。我时常买一本杂志,再买一瓶矿泉水,吃的呢?就买两包小鱼干。报刊亭的杂志很多,我买的无非就是《读者·校园版》《意林·少年版》《漫画派对》等。我很爱看的《课堂内外·创新作文》(小学版),这里居然没有卖!所以,我想看"小创"时,要绕好长一段路到广场去买,很麻烦。

　　其实,报刊亭也卖许多报纸,比如《荣昌报》,还有《重庆晚报》《晚间报》《财经报》等。对了!报刊亭还卖游戏充值卡,还能代理充值。店主说,每次充值卡一进货,就有小孩子来买了。

　　我不喜欢充值。我到报刊亭时,阿姨会告诉我:"小姑娘啊,今天那个《读者》卖完了,要等下个星期才进货。要不你看看《意林》？""对不起阿姨，既然没有了，那我就下个星期来买。对了，火腿面包卖完没？没卖完我要一个，再来一瓶酸奶！"瞧，我可是阿姨的"小熟人"哟！

报刊亭还有车次表。每天放学后，我都要到报刊亭去看看车次表，看看自己错过车了没有。报刊亭还有一把大大的伞，撑在旁边那棵榕树下，榕树下就是车牌。下雨天，我就站在伞下等车；大晴天，我也站在伞下等车，顺便乘凉。

这么多年过去了，车站的报刊亭还像我第一次进学校时那样，真好。

包 饺 子

欧阳文韬

"嗨，新年要吃什么？""嗯……让我想想。哦，要吃年糕、年夜饭，还有饺子！""对了，吃年夜饭必不可少的就是饺子。可这饺子说起来容易，可做起来却难啊！不信？你瞧！"

奶奶拿着一沓饺子皮走到餐厅。"包饺子？"这一下子就激起了我的兴趣，我三步并作两步走，兴高采烈地说："奶奶，我来，我来！"说完，我就拿走了一沓饺子皮，坐在凳子上。这时，奶奶慈祥地说："莫急，莫急，先去洗洗手。"

洗完手后，我拿起一张饺子皮，像一位大厨似的，挺直了腰板，把那饺子皮用手高抬起来，小心翼翼地加了一点儿肉馅儿，然后像毛毛虫爬行似的，一拱一拱地把它捏合起来，心想：多漂亮呀！我高兴地自言自语："这还不容易？"奶奶听了，把视线移到了我的饺子上，只见我包的饺子没有饱满的感觉，仿佛两块饺子皮粘在一起，干瘪得很。奶奶看完后，哭笑不得，笑眯眯地说："孙子，肉馅儿要放多点儿，你包的这个吃下去，没有一点儿味儿。"我听了，似懂非懂地点点头，心想：这包饺子还这么多学问？

我又拿起一张饺子皮，然后从肉馅儿碗里狠狠地夹了一些出来，放到饺子皮里。心想：这次应该够多的了吧？我目不转睛地盯着饺子皮，小心谨慎地把饺子皮包在了一起。噢，成功了！我顿时心花怒放，又蹦又跳地走到奶奶身边，笑嘻嘻地说："奶奶，这次我是不是包得很好了呢？"正当我准备接受奶奶表扬的时候，奶奶又笑着说："你这个饺子的馅儿又放多了，放到水里煮会煮烂的！"我听了，拿着那个饺子，垂头丧气地走到座位上。心想：我还偏偏不信这个邪，到时候让奶奶大跌眼镜！我又拿起一块饺子皮，把这个饺子包了一层。"当当当！完工了！"我得意洋洋地走到奶奶身边，高举着饺子，说："奶奶，这个总不错了吧？""孙啊，那个皮破了。"我听了，大吃一惊，赶忙一看，果不其然，还真破了！我立刻又拿出一张饺子皮出来，把破的地方包了上去。这时，那个饺子好像是一个大肚将军，奶奶见了，笑呵呵地说："孙啊，你这是要吃饺子皮，还是要吃馅儿啊？"我听了，不好意思地低下了头，脸红得像熟透的苹果。

奶奶拿出一张饺子皮，在里面加了不多不少的肉馅儿，然后说："加这么多才可以，不然少了就不好吃，多了就煮烂了。"我聚精会神地听着，认认真真地观察着奶奶的每一个动作。哦！原来是这样的，难怪我包不好。

听完奶奶的指导，我立刻又包了起来，果然，我包得好多了，除了外形还不完美，其他的地方可以说是"天衣无缝"了。我继续包了几个，一个比一个好看，这时，我的心里美滋滋的。原来，包饺子也是一门技术活啊！

从包饺子这件事我领悟到：处处留心皆学问，三人同行必有我师，世上无难事，只怕有心人。

分享小秘密

林子恒

　　漫步在校园里，我总有许多发现。这一次，我在教学楼后面的小水沟发现了一群可爱的小生灵——一群通体透明的小虾。

　　我拿着一根细竹枝去逗小虾，它们一下子就生气了。瞧，它们舞动着细长的脚，在水里快速划动，钳子一动一动的，胡须也一翘一翘的，有趣极了。我想让这群小虾成为我的小秘密、小宠物，就谁也没告诉，只是在下课后常常去看它们。

　　可是，好景不长。最近我去看小虾时，总能发现有一些废纸屑漂浮在水面上，有的还沉到了水底。水变得混浊了，小虾的活动空间也变小了。这可不行，我得让同学们注意，不要随意往窗外丢纸屑。于是，我把这个小秘密告诉了我们班的同学。同学们听了，先是瞪圆了眼睛，紧接着便跟着我直奔楼后。"你们小心点儿！别踩进了坑里！"我着急地大喊。同学们这才放慢了脚步，小心翼翼地走过去，围在小水沟旁边，蹲下来仔细地观察小虾。

　　"真的是小虾呀！""它们好小，还是透明的。""不注意还真看不出来……"同学们叽叽喳喳议论着。"那我们以后要注意了，"我赶紧大声说出了自己的想法，"我们不能把没用的纸和垃圾往窗外丢，要不然，小虾就活不成了。"同学们纷纷点头。后来，其他班级的同学也知道了这群小虾的存在，他们也会在下课后去看小虾。为了这群可爱的小生灵，大家再也不随意往窗外丢东西了。小水沟恢复了往日的宁静，沟里的水也变清了，小虾划动着长长的细脚，在水中自由自在地嬉戏着……

原来，有的时候，把秘密和大家分享，可以让事情变得更美好呀！

在一百年后的日子里

杨东梅

"嘀嗒，嘀嗒……"时针在转动，时间总是一去不复返，也不可能倒流，但是在时光的流逝中，留下了很多使人难以忘怀的精彩画面。与其怀念过去，我们不如试着幻想一下，在未来一百年的日子里，我们的生活会是什么样的呢？你有想过吗？下面让我们来看看，在一百年后的日子里发生了什么？

时光穿梭到一百年后……

"主人，起床吃早餐了！"听，机器人在叫我起床，我一起身，机器人就帮我把衣服穿好，被子叠好，早餐也准备好了。在享受完丰盛的早餐后，我一声号令："今天我要去月球旅行。"只见机器人"嗖"的一声变成了火箭，几分钟的时间，我就到达了月球。月球上各种各样的新鲜事物吸引了我的目光。在月球上，有孩子们的游乐园，宜人的风景，美味的食物，还有很多我们在地球上从未见过的事物……

玩了一天，我累了。"我要回家！"转眼间，我回到了温馨而熟悉的地球。机器人在我的指挥下，为我服务得甚是周到。我也在尽情地享受着……渐渐地，我消除了一天的疲劳，进入了甜美的梦乡……我继续期待着明天的到来。

　　瞧，这就是一百年后的生活。我相信随着科技的日益发展，一百年后的日子让我们更加期待。科技创新能力的提高离不开教育水平的提高，所以，我们应该努力地为国家奉献自己的才智，为一百年后辉煌闪耀的日子而奋斗！

　　在一百年后的日子里，人们会过得与众不同吗？让我们在未来验证吧！

捏紫砂壶行动

魏俊杰

今天,我们迎来了自己最喜爱的节日——六一儿童节。

这次儿童节的活动安排很别致——捏紫砂壶。紫砂壶可是我们无锡本土的"非物质文化遗产",所以我们的劲头可足啦!

老师把每五人分成一个小组。我翘首以待,终于拿到了老师发放的紫砂泥。我手捧泥土,听着老师的讲解,一股自豪之情油然而生。望着老师桌上摆放着的色泽淳美、造型古雅的紫砂壶样品,我暗下决心,一定要完成一个完美之作!

开工啦!老师一声令下,我们组的同学便各司其职地忙碌起来:小杨专门负责软化紫砂泥,小丁捏壶身,小张捏壶嘴和壶把手,而一向以心灵手巧著称的我当然是负责紫砂壶的装饰和美化啦!

一切都在有条不紊地进行着。小杨一边给紫砂泥淋水,一边用力搓揉着泥块,不一会儿便大功告成。紫砂泥乖巧地躺在我们手中,仿佛在说:"小艺术家们,悉听尊便!"小丁立即马不停蹄地制作起了壶身。只见他双手合十,用力搓揉出了一个大圆泥团。随着他的大拇指在泥团正中用力抠入,壶的肚子越来越大。

他眉头紧皱，用双手小心翼翼地轻抚壶身表面，仿佛在抚摸一个刚出生的婴儿。壶身越来越光滑圆润，壶的肚子也越来越饱满，就像一个削掉蒂盖的南瓜，又宛若一只深褐色的广口碗，小丁终于满意地笑了。

小张制作的壶嘴和壶把手也完工了。他郑重地接过小丁递过来的壶身，谨慎地将壶嘴和壶把手完美地安装在了属于它们的位置。这时，大家的目光全都投向了我。我觉得责任重大，一时间竟不知该如何下手。

这时，老师走了过来。他对我们组的半成品赞不绝口，说："你们组的作品真不错，老师看好你们哦！"在赞美声中，我灵机一动，说："做个'牛'壶吧，牛气冲天！"听我这么一说，组里的成员七嘴八舌地议论开了，他们大多觉得装饰成"牛壶"不太现实。在他们的反驳声中，我急得面红耳赤。小丁好像来了灵感，提议说："今年是猴年，要不，咱们组做个'猴赛雷'吧！"说着，他还挤眉弄眼地做了个猴脸。在一片欢声笑语中，大家手忙脚乱，一起上阵，不一会儿，一只活灵活现的"猴壶"展现在了我们眼前。我还特地做了个桃子壶盖。嘿嘿，我们组做的壶真是顶呱呱，我们高兴得抱在了一起！

这次制壶行动真有趣！

那一刻，幸福把我紧紧拥抱

袁继明

深秋的夜晚，清冷的月光洒满大地。露水在树叶上越聚越多，最后汇成一滴水珠从叶尖滑落，落到一只迷途的蚂蚁身上。这使它看起来好像一枚琥珀，挣扎了一会儿，蚂蚁拖着冰凉的身体爬开了。我完全能体会到它这时的感受，因为我和它一样讨厌这冰凉的水、冰凉的空气。我还讨厌冰冷的话语以及说出冰冷话语的父亲，至少现在是这样。

"都多大了，一点儿不知道干活，就知道玩儿！"父亲一边忙着手中的活计一边把笼着霜的话抛给我。在父亲的眼中总有干不完的活，就像他头上那数不完的白发，刚拔去一根，又长出两根。而我呢，依然像他手中的活计，就算什么都忙完了，依然觉得比别人少干了许多，永远比不上别人。

"快去果园看看，过几天苹果就要摘了，别让人家偷走了！"我看着母亲点点头。"你爸吃完饭就去换你，你爸没去，你就先别回来，要不又会丢果子的。别着急，知道了吗？路上小心！"母亲叮咛着。我没有回答，就向西山果园走去。

果园静极了。"从小到大，我哪有幸福快乐的时候？都说父爱如山，我哪里有什么爱？只有干不完的活，受不完的气！"凉风吹落了几片泛黄的叶子，夜又深了几分。忽然听到一阵脚步声，我心头一阵喜悦，父亲来了，我可以回家了。可那声音却是二叔和二婶的。"人家小明可真有福，这不，爸妈又在家吃大楂粥，却给孩子烙饼呢！"我脑子霎时一片空白。说的是我吗？这是真的？父亲总是对我没好气，不可能！难道真的是当局者迷，旁观者清？我迷茫了。又有一丝喜悦。

一阵急促的脚步声打断了我的思绪，这脚步声竟然如此熟悉，如此亲切。"你回去吧，看着点儿路！"借着手点筒的光，我发现父亲的嘴角还挂着一颗米粒——大楂粥的米粒！是什么让他这样着急？我的心绪再次起了波澜。我想出无数的理由，却难以平静我激动的内心。

从果园到大路要经过一段小路，小路很窄且不平，我向前走着，前面的路突然明亮起来，原来是父亲用手电筒照亮了小路！

露水很重了，一切都湿漉漉的，包括我的眼睛和我的心。因为那一刻，我已被幸福和爱紧紧拥抱！

父亲的爱就像这手电筒的光，在白天，我们浑然不觉，可在夜晚，它却这样温暖明亮，其实我早就被这温柔的光包围了！幸福就在我身边！

分享小秘密

我 为 蟹 狂

王家睿

　　苏州素有"人间天堂"的美称。这里有让人流连忘返、曲径通幽的拙政园和狮子林，有古色古香、粉墙黛瓦的周庄和同里古镇。不过，作为一个小吃货，我最爱的还是阳澄湖的大闸蟹。

　　"秋风起，蟹脚痒。"当树上的第一片叶子开始变黄的时候，大闸蟹也陆续上市了。

　　从那时开始，几乎每隔一个星期，老爸都会去阳澄湖带回几只螃蟹。而我，打螃蟹进家门开始，就蹲守在厨房，成了妈妈的"跟屁虫"。

　　我聚精会神地看着妈妈在水槽里刷螃蟹，"跟屁虫"又成了脑子里有"十万个为什么"的好奇宝宝："妈妈，螃蟹为什么要用绳子绑起来？"妈妈扬了扬手中的螃蟹，比画一下："这样才好清洗呀，你看，这两个大钳子，如果不用绳子绑住，它就会夹人，有时还夹着不放，想想就很恐怖吧？"我浑身起了鸡皮疙瘩，拍了拍胸脯，深呼一口气，感叹幸好绑起来了。

　　看着青色的公蟹大钳子上细密的毛毛，我有点儿可怜起螃蟹了。我问妈妈："等下怎么煮呀？煮的时候螃蟹不会疼吗？"

妈妈说："不用煮，直接隔水蒸。蒸的时候，先放几片生姜在水里，祛祛寒气。"她停了停，又说，"等下蒸的时候，我先把水烧开，这样螃蟹就会马上变红了。如果用冷水蒸，螃蟹会比较痛苦，要挣扎好久呢。"我恍然大悟地点点头："原来蒸螃蟹也有好多学问啊。"妈妈说："当然了。蒸的时候还要把螃蟹肚子朝上，这样熟的时候蟹黄才不会流出来哦……"

终于，热气腾腾的螃蟹出锅啦！橙红色的螃蟹码在碗里，很好看。一股带着腥味的清香直冲我的鼻子，我迫不及待地拎起一只螃蟹，哎哟！烫死了！我赶紧把螃蟹甩到桌上。

我只好求助老爸。老爸先把螃蟹两只大钳子卸下来，用剪刀把蟹钳剪开，又递给我一个工具——螃蟹另外几只腿上尖尖的爪子。这样，我用爪尖就可以把蟹钳里面的肉全部挖出来。

妈妈喜欢吃蟹身。把螃蟹的外壳剥开，壳盖上面都是黄澄澄的蟹黄。妈妈把蟹黄挖出来，又到了我大显身手的时候了，我把蟹盖里面的汤水喝得干干净净。那汤水带一点点咸味，好鲜！

如果把螃蟹的身体比作房子，那么蟹壳就是它的屋顶，蟹肚皮就是它的地板，而蟹肚子上一丝丝的肉就是住在房间里的小娃娃，把这些小娃娃隔开的薄薄的蟹壳就是房间的墙面。等妈妈剥好，蟹肚子里的"小娃娃"就进了我的肚子。

我好喜欢吃大闸蟹，感谢大自然赐予我们这道美食！

妈妈祛斑记

张乐其

　　一向爱美的妈妈越来越觉得眼角边那两小块斑不顺眼了，她决定给自己来个"痛快的"，就去了美容院，做了个激光小手术，把有斑的表皮烧掉了。妈妈真是勇士，不怕疼！

　　第一天，妈妈下班回家，我一看：哎呀！不得了！脸上被激光烧过的地方变得黄黄的，外围焦焦的，黄的地方还黏黏的，活像个炒鸡蛋。妈妈说，黄黄的是因为涂药了。

　　第二天，妈妈脸上祛斑的地方干了许多，不会太黏了，"鸡蛋"快熟了。可妈妈的上眼皮肿了起来，像鳄鱼的眼睛，都要变成"一线天"了。妈妈的脸快点儿好起来吧，我祈祷。

　　第三天，中午放学后，我马上打电话给妈妈，问她的眼睛还肿吗。妈妈轻松地回答说好一点儿了。可等到下午妈妈回家后，我仔细一看，发现她的上眼皮虽然不肿了，但下眼皮却肿得更高了，像青蛙的眼睛，鼓鼓的，红红的，"一线天"只剩下"半线天"了。哦不……我哀号，"鸡蛋"啊，你快点儿熟吧！

　　第四天，妈妈脸上祛斑的红肿已经消退了，周边也开始变得干燥，像是痂要脱落了。我手痒痒的，恨不得一下子把那些松动的痂给揭下来。这些痂浮在皮肤表面多难看啊！妈妈听我这么一说，吓得立刻逃出我的视线。她知道我这个搞怪大王肯定不会放过这么好玩的事情。呵呵，"鸡蛋"终于要起锅喽。

第五天，妈妈脸上的痂脱落了，"鸡蛋"已经完全熟了。

终于，一张焕然一新的面孔出现在我眼前。妈妈洁白的脸上毫无瑕疵，果然漂亮了很多，妈妈也自信了许多。看来，美丽真的是需要行动呀。

妈妈说，当初因为怀孕，眼角边上起了两块小斑，这"斑史"都十来年了。之前没有重视，最近她越看越不舒服，于是用激光弄了一下。但妈妈没想到的是，在我眼里，那未愈合的疤痕居然变成了"炒鸡蛋"，真是太有趣了！

我的朋友"死脑筋"

秦　粤

最后一抹晚霞褪去，皎洁的月光照在我的脸上，我又情不自禁地想起了我小学二年级时那个最要好的朋友，想起我们班上那个著名的"死脑筋"。

他叫王永。从我刚刚认识他，到他转校，他一直都是那么固执，那么"死脑筋"——这也算是"人如其名"了吧。

他的"死脑筋"不一定就是固执，有时候，还是一种优良品质。

有一次，学校举办短跑运动会，我们班要选一个代表，王永主动站了起来。他的嘴角微微抖动，感觉不是很有底气，但他的眼睛里却写着"坚定"两个字。他说："我来当我们班的代表去参加比赛。"大家都很吃惊，因为他从小体弱多病，腿也不好。最后的决定权落在了身为班长的我手里，我犹豫了一会儿，还是答应了这个不太合理的请求。

从那天起，每次中午午休时，都能在操场上见到王永的身影。一天、两天……不知不觉，决赛的时刻到了。虽然我们竭力劝阻，怕他受伤，可他就是不听。最后，我们班得了第二名，很好的成绩，这可以说是他的"死脑筋"换来的。

时光如梭，可能我们再见面时，已经认不出彼此了，但他那"死脑筋"的样子我依然清晰地记得……

我去过脑世界

周海晨

"你脑子是少了一根筋吗？丢三落四！不长记性！"

听听，我妈又在骂我了。唉，谁叫我老是丢东西呢？真想去我的脑世界里数数我的脑神经有几根，看看是不是真的少了一根！这么想着，我忽然感到全身一热，头皮一麻，眼前一黑，紧接着我就失去了知觉……

醒来之后，我发现自己来到了一个沟壑纵横的地方。前方有一个小牌子，上面写着"牛顿的脑世界"。什么？我真的进入了脑世界？还是人类智商排名前十的牛顿的脑世界？我惊讶不已。

我仔细一看，发现牛顿的脑神经上面结满了苹果，有青苹果、红苹果、黄苹果……简直就是一个巨大的苹果超市。难怪苹果砸了那么多人都没事儿，砸到他，万有引力定律就被发现了。

这时，一个苹果从牛顿的脑神经上掉了下来。苹果一落地，我的脚下就传来一阵源源不断的波动。哎呀！一定是牛顿又得到灵感了，他的大脑开始活动了！这对身在他脑子里的我来说，可是一场大海啸啊！看到苹果疯狂颤动的样子，我居然不由自主地唱起了神曲《小苹果》。听到我的歌声，苹果"跳"得更疯狂了……只听"砰"的一声,我终于被脑细胞的"巨浪"甩了出去。

"哎呀!好亮啊!这是哪里?"我被一片光亮闪得睁不开眼睛。等适应了之后我才发现,我进入了爱迪生的脑世界。原来,爱迪生的大脑就是一个巨大的电灯泡!我沿着电线状的脑神经走着,走着,眼前出现了一个放映机,它正在播放爱迪生一生的影像。我立刻坐了下来,津津有味地看着。唉,我什么时候才能到自己的脑世界里,看看我这短暂的一生啊!

没想到,我刚这么一想,时空就转换了——我出现在了一片密林里。我仔细一看,哟,这竟然是我自己的脑世界,那些"密林"就是我的脑神经。每一棵"树木"上都拴着一张标签,标签上写着数字。嘿嘿,这是为了方便我数数吧?我倒要看看,我的脑神经是不是像妈妈说的那样,"少了一根"。于是,我认真地数了起来:"一、二、三、四、五……"

你问我后来回去了没有?哎,别打扰我!我正数着呢——糟了,我刚才数到几啦?

返校随想

李泽宁

小学毕业后，我突然间感到不太适应。漫长的暑假，阳光洒在书桌上，楼顶的"雨露"滴溅在屋檐。珠海炎热的夏天，激荡着我思念的情绪，于是，我便决定回母校看看。

我走在红黄交错的石砖上，头顶的榕树为我撑起了一把巨伞，我与太阳之间顿时有了一层屏障。看着这熟悉的道路，我不禁停下脚步，站在路中间。俯下身，我看见了成群的蚂蚁。霎时间，在这人山人海的大路上，我感觉自己就像一只蚂蚁，甚至还不如一只蚂蚁。

也许蚂蚁在我们眼中，只是一只一脚可以踩死，一吹就落地的小虫。可是你是否认真研究过，它们其实比我们人类勤劳、团结和强大。湿润的土地，是它们的安身之处；人类不要的食物，却是它们的美味佳肴。它们在一起工作，一起捕食，一起建筑巢穴。它们虽然小，但是却能把比它们大好几十倍的螳螂或蚯蚓一步一步地拖回巢穴中。它们团结一致、意志坚定，所以能够发挥出如此强大的力量。

尽管它们没有像蝴蝶或蜜蜂一样拥有小巧而轻快的翅膀，可以自由自在地飞翔，也没有小狗小猫那有力的四肢可以奔跑，但它们从低处爬行，也能跃上树枝，爬上高楼。

原来，我还不如一只蚂蚁。

蚂蚁有极其强烈的求生欲望。每当我们看见它们被水淹没，看见它们即将被死神紧紧抓住时，它们都会努力挣扎，努力逃出死神的魔爪。因为它们不能和我们一样，在遇到危险时大声喊"救命"，所以它们只能靠自己的拼搏和努力，在面临水灾或其他危险时毫不退缩，拼命地爬上爬下，挣脱危险和困境，找寻生命的出口。

是的，热爱生命的蚂蚁启示着我们——我们也应该珍惜生命。生命虽然短暂，但也是一段奇妙的旅程。正因为这样，我们才需要更加珍惜来之不易的生命，用心去感受这个世界的鸟语花香。

想到这里，我缓缓起身。一眼望去，一个个行人匆匆忙忙地赶着路，我一边回忆着刚才感悟到的哲理，一边伴着从叶缝中透出的暖阳，大步向着母校前行。

晒蓝天

网络警察

周子恒

很久以前，我就知道爸爸的工作和网络有关。但到现在我才弄清楚，原来，爸爸是一名管理网络"流氓"的网络警察。

虽然爸爸的工作听上去没那么累，但其实也很辛苦。他的岗位需要二十四小时值班，他的手机需要二十四小时开机。有紧急情况的时候，即使是半夜也要到岗去处理公务。有一次，他连续值了三天班，晚上都睡在办公室里，我整整三天都没见到爸爸！

爸爸处理一件事情要打很多个电话，处理一个帖子也一样：要先把网站负责人找到，再把删帖的理由告诉他，并要求网站负责人管好"平台"，不能再发类似的帖子。如果多次发现网站有这类帖子，负责人就可能受到法律的严惩。

有一次，我半夜起身去上厕所，迷迷糊糊中，听到爸爸又在打电话。我看了看闹钟，已经十二点了。爸爸的语速时快时慢，讲完一个电话没多久，铃声又响了，又是一段长聊。我竖起耳朵，静静地听着爸爸讲话的内容，原来是出了一个大事故，怪不得爸爸的语气中透露着焦急。最后，只听"砰"的一声，家里的大门关上了，我知道，爸爸又去加班了。

听妈妈说，有一次，爸爸因为打电话的时间太久，手机烫得关不了机，吓得他把手机都扔到门外去了。

听了这些事，你们应该了解网络警察的难处了吧？请大家不要随意在网上发布攻击、侮辱他人的帖子，我们应该共同维护网络文明，这样，我爸爸和他的同事们就可以轻松一些啦！

畅想青春梦

张 凯

当微风轻柔地托起一丝丝柳絮的时候,当阳光照耀在充满书香的校园的时候,当鸟儿清脆的歌声响起的时候,我正在享受美好的校园生活。

我怀着愉快的心情,走进洒满晨光的教室,安置好书包和作业,准备开始一天的学习生活。

"丁零零……"预备铃响了。朗朗读书声响彻整个校园,连窗外的鸟鸣都和着我们的读书声。

每当老师飒爽的英姿出现在三尺讲台上的时候,我们就随着老师一起在知识的海洋里遨游,在幻想的世界里感受新鲜的阳光,领略异国的风情,一起讨论这些新奇的体验。

课间十分钟是我们的快乐时光,我们一起聊天增进感情,我们一起在篮球场奔跑,我们一起在操场上散心。校园里到处洋溢着愉快的气氛。我们的大课间给了我们足够的空间和时间,在做完操后,我们自由活动,这时往往是最热闹的。

友谊是生命的灵魂,心灵的灯塔,我的校园生活是甜蜜的。因为我的校园生活中有很多的伙伴,一个个甜甜的微笑,一句句关心的话语。在我们成功的日子里，我们欢呼着，一起分享成功的果实，一起用快乐的音符奏响心灵的乐章。我们同甘共苦，一起走过。每当我听到小鸟的欢唱和树叶的"沙沙"声时，我的心就越来越充实。踏着脚下的小草漫步，我的烦恼随着漫步消失在花丛里，一切都是那样自然，一切都是那样舒服。校园生活因我的好伙伴而精彩，不管多久以后，我都不会忘记他们。

日复一日，年复一年，在一些同学眼中看似枯燥乏味的学校生活，其实充满无数的精彩。我的校园生活似一条在山间潺潺流淌的小溪，它欢快地奔流着，时时泛起一朵朵晶莹的浪花，唱出天籁般的声音。我的校园生活在无声的岁月中为我点缀了一幅幅人生的图画，那些唯美的画面使我的校园生活多姿多彩。我爱这美好的校园生活，永远永远……

夜空中最亮的星

周梓卿

夜，是灵魂的世界；星，是心愁的化解。

今天的夜晚安详而宁静，只有星星还唱着它的歌谣，月光清清，映得我心灵也透明，无数的烦恼被它悉数化解。世事的喧闹在这一刻悄然无息，闭上眼睛，悲伤的记忆化作澄澈的眼泪，变成流星，划过天际。我知道白天我不能做最闪亮的一个，但在黑夜我可以成为最真实的自己。

不知从什么时候起，我喜欢一个人在黑夜中行走，喜欢陪星星一起做一个孤寂的孩子。彷徨间，我发现自己原来只有在黑暗中才能彻底做回我自己，只有在黑暗中才能迎来属于我的灿烂光芒。我与夜晚有一种特殊的感应，心，能望穿夜，却会被那最闪亮的星激起圈圈涟漪。

当在黑夜中迷失，孤独漫无边际时，忽然，前方亮起了一颗星，只有一颗，唯一的一颗，无价的一颗。那颗星在黑暗的世界里散发着微弱但又坚定的光芒，指引着我前行。

夜已深，四下无人，我独自感受着黑夜。黑夜属于幸福的人，只有他们才能看到用心铸成的星，经过这种境界的夜的洗礼，他们会时时拥有幸福的感觉；而不幸的人，在夜的煎熬中，看到的则是用忧愁铸成的星，他们会时时被烦恼缠绕。

我的世界很美，星星很多很多，其中有最耀眼的一颗，那就是我。我就是这样的，一个像星星一样闪亮，喜欢像星星一样寂寞的孩子。时光静静的，太静了，思绪就抽出了嫩嫩的芽，向着有星光的地方生长，向着有梦想的地方生长……

仍然是我一个人，伴着星星，思绪飞扬。

夜空中最亮的星，当我迷惘的时候，请你指引我前行。

我和爸爸去买书

杨 菲

又是一个阳光明媚的周日,我和爸爸各自背上大背包,去北滨路书城买书。

刚走进一家书店,我和爸爸就迫不及待地认真挑选起来。大半个小时过去了,爸爸突然像发现了宝藏似的,大叫道:"看!这两本书怎么样?"我一看,爸爸高高举起的是《老人与海》和《马克·吐温散文集》。"这本《老人与海》可是大作家海明威的作品!《马克·吐温散文集》的作者马克·吐温也非常了不得……"爸爸侃侃而谈,但我已经快听不下去了:"够了!我觉得这些书没什么好看的!您看看,这本怎么样?"我举起一本《笑猫日记》。爸爸不高兴了:"要买就买名著!不要买对自己无用的书!那样毫无意义!"我想:不买就不买吧。或许,在下一家书店我能找到一些自己喜欢的名著。

接着,我们来到了二通道的一家大书店。这家店的顾客特别多,其他书店远没有这里火爆。这是怎么回事?我仔细一看,原来,只有这家书店陈列着科幻小说。我特别开心,因为我很喜欢看科幻小说,我真想把它们统统买下来。

"爸爸，我们买一本科幻小说吧，可好看了！"我尝试着说服爸爸。"多看名著，有益健康，为你好！"爸爸不为所动。我束手无策，只能垂头丧气地走出这家书店。爸爸让我在原地等他一会儿，我猜，他肯定是跑回去买名著了。我开始盘算：好不容易来这里买书，又看到了自己喜欢的小说，现在爸爸不在，我是不是该有所行动？对，行动！悄悄行动！快速行动！

我悄悄返回到刚才那两家书店，买了一本《笑猫日记》和三本科幻小说。我把书藏在背包里，然后飞奔回爸爸让我等他的地方。我暗自窃喜：回去有得看了！不一会儿，爸爸果真抱着一大堆名著回来了。他把名著硬塞到我怀里，说："这些都是大作家写的，要认真读，要体会作者的思想感情和写作技巧，还有……""嗯嗯！"我用力点了点头，背包也随之摇晃起来。"你包里都装什么啦？看起来很重的样子。""没什么，不信你翻翻！"我早就想好了对策，并不惊慌。爸爸打开我的背包，看到了"闲书"，有些生气又有些疑惑地说："这些书哪儿来的？""我自己带的呀！"就这样，我骗过了我那老实的爸爸。

同学们，在你们家，买书都由谁做主？你们觉得，买书这件事，我们是应该听爸妈的，还是"听自己"的呀？

国庆前夕

纪思婷

清晨,来到操场,看到一轮红日从东方冉冉升起,我眯着眼,伸了伸腰,忽然感到我眼前一些色彩在晃动,睁眼一看,原来是校园四周飘扬着很多彩旗,一派节日的气氛。啊,要到国庆节了,马上放长假了,我的内心抑制不住地兴奋起来!真是左盼右盼,上盼下盼,总算把长假盼来了,明天我就可以回家了。

这天晚上,我们兴奋得睡不着,和室友们叽叽喳喳地说着各自的国庆计划:第一天去逛街,第二天和家人出去聚餐,第三天……算来算去谁也没有把学习时间排上日程,谁也不谈学习的事情,为什么?这时候谈学习,多伤感啊。

第二天,下午最后一节课。谁还有心思上课啊?!有的同学神情呆滞,眼睛直直地看着前面,不知在想什么;有的同学一会儿低头偷偷看表,一会儿抬头望望窗外,恨时间过得太慢;有的同学一会儿冥思苦想,一会儿奋笔疾书,头都不抬一下,也许是想把作业赶紧写完,回家好痛快地玩……

"丁零零,丁零零……"下课的铃声终于响了,班里的几个男生如脱缰的野马,瞬间飞奔出教室,那速度恐怕就是运动员都望尘莫及，眨眼间，连个人影都不见了，看来国家田径队没到我们班选队员，那真是体育界的损失啊。

　　几分钟后，教室就没人了，刚刚还充满欢声笑语的校园也渐渐恢复了平静，那四周悬挂的彩旗也在频频向我们点头，好似与回家的同学们挥手作别，又似乎在等待同学们下个星期的归来。

童年的朋友

陈艺轩

我和雪倪娜是形影不离的好朋友。雪倪娜是谁？它是贵妇犬——我的长毛绒玩具狗。

记得上一年级时，爸爸带我去公园玩。公园里有很多人在遛狗，一只美丽的贵妇犬让我看得目不转睛。我请求爸爸给我买一只，爸爸不同意，我很失落。

从公园回来后的第三天，爸爸突然抱回来一只毛色洁白无瑕、似雪如棉的贵妇犬。我定睛一看，原来是只绒毛玩具狗，但我也乐开了花。我一把抢过爸爸怀里的小狗，高兴地抚摸着它身上软软的绒毛。"你给它取个名字吧！"爸爸笑着说。我歪着脑袋想了想："就叫雪倪娜吧！"爸爸拍着手说道："这名字好！有什么含义吗？""雪，因为它的毛洁白如雪。倪娜，是我看过的一本童话书中公主的名字，我觉得很好听。""雪倪娜！"爸爸摸摸我的脑袋，又拍了拍小狗的头，笑了……从此，雪倪娜就成了我形影不离的好朋友。

时间一天一天地过去，我越来越宠爱雪倪娜。早晨起床后，第一件事就是抱起可爱的雪倪娜，亲它一口，跟它说："早上好！"有一次，我数学考试成绩不好，我趴在书桌上哭起来，哭了一会儿，我抬头一看雪倪娜，它正睁着大眼睛看着我，好像在对我说："别灰心，努力，努力，再努力，你一定能考好的！"我擦了擦眼泪，对它笑了笑，我在心中暗暗地说："对，我要加油！"还有一次，我作文比赛得奖了，我一回家就抱起雪倪娜，跟它一起跳起了华尔兹。雪倪娜嘴角微微扬起，似乎在朝我微笑呢！

夜深了，我紧紧地抱着雪倪娜，在它耳边轻轻地说："你是我童年里最好的朋友，我爱你，雪倪娜！"然后我们一起进入了甜甜的梦乡……

晒蓝天

崔凤鸣

正月初七晚上，我和妈妈一吃完晚饭，就到门口的小路上散步。当我们像往常一样仰望天空时，我俩都忍不住发出了惊呼："哇！今天我们能看到天上的星星！""竟然能看到这么亮的星星！妈妈，快看！那颗星星好大！""是呀！那几颗小星星连在一起像个勺子，是不是书上说的北斗星啊？快上网查查！"我俩都兴奋极了。妈妈说，这样的景色她已经好长时间没有看到过了，她感觉自己好像回到了小时候。

今晚的空气新鲜极了，我和妈妈使劲儿地做着深呼吸。我们像两个捡了便宜的孩子一样，因为新鲜空气不要钱，就恨不得把所有的好空气都吸入自己的肺中。我们一边欣赏美丽的夜景，一边用手机翻查着相关的资料，还真认识了不少星座。今天晚上的收获可真不少啊！

第二天，在妈妈的朋友圈里，"晒蓝天"成为刷屏的主题。看来，大家都在为这几天的空气质量欣喜雀跃。每一张照片上都可以见到万里高空一片碧蓝，连一丝白云都找不到，就像天空妈妈把刚刚洗好的蓝衣裳拿出来晾晒，那衣裳真是干净得晃人的眼。我竟然看得痴了，怀疑这样的天空到底是不是真的——看来，前段时间的雾霾给我留下了阴影呀。

妈妈说，在网络上，不少人管这样的天空叫"傻晴"。顾名思义，就是晴得有点儿傻，有点儿纯粹。这样的天空，一般出现在冷空气前锋过后，冷高压控制时。有网友调侃说："原来小学作文的经典名句'今天阳光明媚，万里无云'可以改成'今天傻晴傻晴的'。"我突然想道：要是我们小学生在作文里写这样的句子，老师会不会做出这样的点评——"是呀！你看蓝蓝的天都快看傻了吧？"哈哈，真是个很好玩的句子！

你们那里的天气怎么样？这傻晴傻晴的天，是不是让你们羡慕不已呢？如果不把它晒出来，简直有愧老天爷的恩赐啊！

牛气十足的电动车

杨雅淇

唉,小长假真是太短了,我好像刚来姥姥家就要走了,好难过呀。

车票是下午三点的,我和老妈一点钟就从姥姥家出来了。小姨骑着电动车将我们送到马路边,可是我们等呀等,等得花儿都谢了,却连一辆开往车站的大巴都没看见。今天是假期的最后一天,出现了返程高峰,本来就不算宽的马路被两条趴着不动的汽车长龙给堵满了。眼看着时间在眼皮底下快速溜走,我急得直跺脚。

小姨突然调转车把说:"干脆我送你们到公交车站吧。"老妈说:"你看这都堵着呢,公交车站也没法儿去呀。"小姨轻松地说:"平时给一诺送饭,我哪条路没走过?我带你们从地里抄小路。"我的表姐一诺在县城上初中,家里做了好吃的,小姨经常给她送去,送成了一个"路通"。

只有这个办法了。小姨用电动车带着我们,在村子里弯弯曲曲的小路上穿行。出了村子,四处都是青灰色的麦田。不好!前面的小路也被堵住了!小土路非常狭窄,前边的车稍微有点儿状况，谁也无法动弹一下。我们就这样被夹住了，无法进退。

小姨急中生智，说："我们下麦田！"这条小土路高出两边的麦田半米多，我们三人费力地将沉重的电动车抬起来，小心地放到底下的麦田里，艰难地推行起来。

你猜怎样？那些被困在驾驶室里寸步难移的司机们看着我们的电动车，全都露出了羡慕的表情。

虽然我们在麦田里走得满身灰土，但我还是挺得意的，因为，我们终于突出重围了！我满心佩服地为小姨竖起了大拇指："小姨，你的电动车可真牛啊！"

我的老爸是村干部

黄嘉怡

老爸在当村干部前是电脑工程师,那拎着小包、身着西装革履的样子别提有多帅了。可自从当了村干部之后,他白皙的皮肤就变得黝黑,他还得意地说那是"健康美"。

去年夏天,老爸自从接到台风来袭的预警,就彻夜守在村委会。哪家有危房,哪家老幼行动不便,他都了如指掌。那天,张大爷家的电话没放好,老爸怎么也打不通。不怕一万,就怕万一,老爸决定和村委会的叔叔一起去张大爷家。台风"呼呼"地刮着,村里还没有路灯。他们穿着雨衣,拿着手电筒走在乡间的小路上,老爸摔得满身泥。好不容易把张大爷安排好,他们又接到轧西田间的涵洞堵塞的电话,他带头就去田里疏通管道了。第二天一早,我和老妈惊讶地发现,门外站着一个连脸上都是泥巴的"难民"——我的老爸。我和老妈都嘲笑他是一个"难民",可老爸不屑地说:"你们懂什么?我这叫接地气。老百姓可不喜欢只说不做的村干部,你们不知道,老百姓可喜欢我了。"哎哟喂,老百姓当然喜欢"多管局"局长啦!谁家庄稼有害虫,谁家家畜有病疫,谁家婆媳不和谐,谁家子女不孝顺……

他统统要管！

　　最近，老爸连别人走路也管上了。前几天，老妈让老爸去买料酒。我家离小卖部来回也就五分钟的路，可老爸去了半天也没回来。老妈生气极了，让我去看个究竟，可小卖部里压根儿没有老爸的踪影。半个小时后，老爸总算出现在了家门口。他嬉皮笑脸地告诉老妈，他在小卖部看见住在村头的李奶奶步履蹒跚地走回家，想着老人家得走近半小时，他就主动送李奶奶回家了……

　　唉！家有老爸是村干部，就会经常上演"老爸失踪记"啊！

超级路盲症

张子瑞

在《爸爸去哪儿》中有一句歌词是"我的老爸是个神话"。这句歌词却总让我想起我的老妈,因为,我的老妈是"奇葩"!

老爸说,老妈是属于"放心牌"的。这是因为"超级路盲症"老妈只往返在单位和家的两点一线之间。只要一出这个区间,老妈就找不到回家的路了,所以,她永远都在这个安全区间内活动。从家里上车,到单位下车;从单位上车,到家下车。你们说,老爸能不放心吗?

虽说老妈总是奔波于"两点一线",可总有不得不踏出安全区的时候。有一次,老爸带我去课外班,我们跟老妈约好等我下课后在某家连锁餐厅集合,还再三跟她确认了地址。下课后,我和老爸到达了餐厅,直到点餐完毕,我们都没见老妈前来,拨她的电话总是暂时无法接通。十分钟后,电话终于通了。老妈说她已经点餐完毕,就等我们了。可我们在餐厅里找来找去,就是找不到老妈,老妈也找不到我们。最终我们发现,原来老妈找错了餐厅!虽说连锁餐厅的名字都是一样的,但两家店之间足足相差了二十分钟的车程啊!这也能找错?一个小时之后,老妈气喘吁吁地带着打包的食物跑进了我们所在的餐厅。我和老爸故意板着脸，表示无奈。老妈怯生生地说："我能找到这家餐馆简直是个奇迹，我差点儿又去了另一条街上的连锁店……"我和老爸当场就被老妈"雷"晕了！

老妈最怕的是开车过立交桥。如果没有人指引，一般情况下，她很难找到正确的方向。有一次，老妈开车带我上了立交桥，老爸用电话指挥她转了足足二十分钟，差点儿把我给转晕车了，老妈才转到了正确的出口。她不以为耻，反以为荣，居然兴冲冲地高唱了一曲《天路》以示庆祝。我真是佩服老妈的"超级乐观精神"。要说老妈由"超级路盲症"引发的糗事，还真是有一大箩筐。有兴趣的朋友，请期待我的下回分解吧！

我家的金子

姚欣然

我家里有一个大鱼缸,里面有一条我最喜欢的金鱼——金子。它是鱼群里面体型最大的一条,有着金黄色的鳞片、三角形的小尖头、鼓鼓的白色肚皮和橙色的尾巴,在它的背部有一道小小的黑色的疤。

金子很漂亮,但是它有一个让人捉摸不透的喜好:总喜欢离开鱼群孤孤单单地游。每当我往鱼缸里面放泡泡时,金子总是独自游到水底,仔细观察一个又一个泡泡,尝试用嘴巴试探性地碰触它们,碰一下,退出很远,又转回来,再碰一下……或许它在想:这些泡泡是从哪里来的?又要到哪里去?它们为什么不会破呢?

金子非常喜欢钻到大海螺里面。海螺是爸爸去三亚的时候带回来的,黄白色相间。如果把它放在耳朵边上,会听到呜呜自鸣的声音。金子常常把那里当作自己的家,躲在海螺里自得其乐,有时候也会悠闲地从海螺里进进出出,似乎在和自己玩捉迷藏。但是如果有其他鱼儿游过来,它就会惊慌失措,下意识地以为自己占用了别人的地盘,然后把自己的"小窝"拱手让给其他鱼儿。

　　金子是一条奇怪的鱼儿。每次喂食，我们总要关照一下它。因为它并不会像其他鱼儿，看到食物就会从很远的地方飞快地游过来，尽可能多地抢夺鱼食。金子总是一副大家闺秀的样子，不慌不忙，从来不跟其他鱼儿抢食，只要鱼食没撒到自己身边，它就不会吃。只有当我们把鱼食撒到金子周围时候，它才会"唰"地一下把属于自己的鱼食全部消灭。

　　这就是我家的金子，有点儿孤独，有点儿怯懦，当然，这并不影响它自得其乐地生活。

　　正是因为金子的与众不同，我才最喜欢它。

我的朋友金大德

金悦山

金大德有着瘦高的身材，一米七五左右的个头，一头黑白相间的头发，他的鼻梁上架着一副眼镜，活脱脱一副书生模样。

金大德是一个精益求精的人，他炒菜和别人很不一样。昨天上午，他刚开始改稿子，就听到妈妈喊他："大德，快来做饭啦！"他转了转眼球，耸耸肩，无奈地朝厨房走去。我也跟了过去。他倒油入锅的时候很小心，不多也不少，刚刚好。我看他打鸡蛋后搅拌的速度实在太慢，就不耐烦了："喂，我说您能不能快点儿啊？太慢了吧！""没关系，时间还有呢，着啥急？要做就做到最好。"嘿，他还真不是一般地精益求精，而是特别地精益求精！

金大德是一名大学教授，他对他的学生们很认真负责。昨天晚上我一觉醒来，发现他还在伏案工作，而那时已经是半夜十二点了。"嘿，几点了？还备课呢？"我说。他却好像没听到的样子，无动于衷。今天早晨，我一觉醒来，发现他眼睛红红的，眼圈黑黑的，显然，他通宵了。"我今天比较忙，所以不要给我打电话发短信，或者到办公室来找我，明白？"他说。我问："您昨晚那么累在干啥？""找资料呗。"他不以为意地说。"您找资料能把自己找得那么累？"我很不解。"我还要改学生论文，没时间跟你聊了。""您为什么非要给学生找资料？"我质问他。"为了学生的梦想呗。他们来到学校，不就是为了实现自己的梦想吗？"他突然把语气加重，吓了我一大跳。

  这就是我的朋友金大德，他精益求精，实现了自己的学术梦。现在，他正在帮助自己的学生实现他们的梦想。

  是的，这位金大德就是我的爸爸！

心中的荷

张心怡

> 待我追随时间的脚步渐渐长大,便换我来做你的荷叶,让你之后的日子风雨无阻。
>
> ——题记

"滴答,滴答",傍晚的荷塘,下起了雨。我撑伞路过荷塘边,不知不觉中,雨渐渐下大了。

池塘里的荷叶在风吹雨打中摇曳起来,东倒西歪,荷花却不见了踪影。我放眼望去,只见一片绿色的海。水面浪花渐起,荷叶单薄的身体瑟瑟发抖。我低下头仔细寻找,发现那粉嫩如少女般的荷花正在荷叶的怀抱里安然入睡。

霎时,感动如潮水般涌上我的心头,我不由得在原地逗留了好久。这眼前一幕仿佛和记忆中的一段场景重合,触动了我心中最柔软的地方。

不知过了多久,雨还在下。

远远的,在桥那头,好像有人在呼唤我。那熟悉的声音牵回了我的思绪。我转身看去,那是妈妈吗?她此刻正撑伞站在雨中，她有些憔悴的面容，一时让我陌生。

回过神来，我小跑到妈妈身旁，收起那把小伞，躲进妈妈的大伞里。

"你这孩子怎么回事儿，这么晚了，咋不知回家呢？"她的语气带了些许责备，更多的却是担心。她用胳膊把我揽得紧紧的，小心翼翼把我护在伞的中央。

"你这么大了，别总是让妈妈操心，以后早点儿回家啊！"妈妈又说。明明是那么普通的话，却使我的鼻子酸了。突然发现，我比妈妈高了不少，妈妈头顶那几根不知被雨水还是汗水打湿的白发，硬生生地闯入我的眼帘。

可不管我多大，妈妈总是这样，把我护在伞的中央，任由雨水打湿她的肩膀。

沉默中，我拿过妈妈手里的伞，向她头顶举去，另一只手揽住妈妈的肩膀，原来雨水打在肩上那么冷。

那池荷叶依旧迎风摇曳，依旧为荷花抵挡风雨。雨水冲刷过的荷叶更加斗志昂扬，掩映着荷花娇羞安静的睡颜。

忽然妈妈开口了："今年这池里的荷花，好像少了许多呢！"我笑着回头指向一片荷花下方："妈，你看，荷花都在这儿躲雨呢！"妈妈侧头看去，也笑了起来，弯弯眉毛下的眼睛，好像盛满了星光。

我和妈妈并肩走向回家的路，雨也渐渐小了。我忽然想到，等我在年年岁岁中慢慢长大，将来我一定为妈妈挡风遮雨，就像小时候她对我那般。

这个想法就如同那一池的荷花，慢慢绽放在我的心灵深处，若干年后，也绝不褪色。

老爸减肥

朱晨曦

"我要减肥！我要减肥！我一定要减肥！"爸爸在客厅里用他那"公鸭嗓"信誓旦旦地说道。

"老爸，你可别逗啦，我记得上次你也说要减肥，结果反而重了三斤呢！"我在一旁故意叫嚣着。

"哎呀，现在不减不行啦，肚子越来越大了，同事都笑我像怀胎六月的孕妇呢！这次我一定要减肥成功！走，儿子，跟我下楼跑几圈！"

"为什么要拉上我啊，不要……"我还想躲闪，却被爸爸一把拽出了门外，拖入了电梯。

我不得不和爸爸一起跑起来，三圈下来，我额头微微冒汗，而爸爸却早已大汗淋漓、气喘如牛了，我心疼地对爸爸说："现在我终于知道您为什么一定要减肥了，您才跑了几圈，就气喘吁吁的，再不减肥就真的跑不动了！"

"是啊，是啊，所以我还得坚持，再跑几圈！"

"晨曦！晨曦爸！回来吃饭啦！……"楼上传来妈妈一声接一声地呼唤。

"老爸，回家吃饭啦！"

"不行，我得再跑几圈！"

我只好无奈地陪爸爸跑完一起回家。

推开家门，一阵阵菜香扑鼻而来，只见桌上摆满了美味佳肴：红烧排骨、剁椒鱼头、醋溜土豆、空心菜……

我和妈妈大快朵颐，吃得满嘴流油，爸爸却在一旁拼命地咽口水，用筷子点点这个，又伸向那个，嘴里说道："唉，这个不能吃！这个也不能吃！"

"给，老公，吃块排骨吧！"妈妈"关切"地夹了一块排骨要往爸爸碗里送。

"不要，不要！我要减肥，只能吃青菜！"爸爸赶紧护住了自己的碗，我和妈妈相视大笑起来！

饭后一小时，爸爸又做起了仰卧起坐。

两个星期过去了，爸爸减肥初见成效，竟然减了五斤半！

姐姐做鱼记

唐 涛

今天，妈妈不在家。姐姐手舞足蹈地对我说："哈哈，今天我终于能露一手了，涛涛，你有口福了！"我小声嘀咕道："口福？你会做饭吗？你做的饭能吃吗？"姐姐没有理会我，转头走向厨房，开始她人生中的第一次做鱼。我把电视关掉，偷偷地跟在她后面看她如何做。

姐姐从盆里捞出一条妈妈事先料理好了的鲢鱼，把鱼放在砧板上，抄起菜刀，想把鱼分成几块，可一刀下去，鱼肉还连在一起。姐姐见状，再次把刀举起，咬紧牙关，狠命一剁，鱼肉总算分成了两块，接着，姐姐如法炮制，把鱼剁成了大小不等的五六块。然后她一边嘴里念念有词（念的是妈妈传授的做鱼经），一边行动起来，只见她有条不紊地打开煤气灶，往锅里倒上色拉油，油热得发出了"咻咻"的声音，姐姐就连忙把剁成块的鱼倒进了锅里。由于姐姐倒鱼的动作太大了，油从锅里飞溅出来，溅得到处都是，有几个小油点竟然溅到了姐姐的手上。"哎呦！"姐姐尖叫起来。"快把手放到水龙头下冲！"我想起妈妈做汤时在锅里放上水，油就不跳了的情景，于是连忙在锅里放了点儿水,油总算安稳下来了。"糟了,乱套了!"姐姐边说边手忙脚乱地把盐、黄酒、红糖等调味料放进锅里,盖上锅盖,用大火炖着。见没有好戏看了,我又溜回房间看电视了。

"哈哈哈……"我看到滑稽处,忍不住哈哈大笑。"什么事情这么好笑?"耳边传来姐姐的声音,我回头一看,原来姐姐被我的笑声吸引过来了。过了一会儿,我对姐姐说:"姐,什么味道?""天啊,我的鱼!"姐姐边说边以百米冲刺的速度奔向厨房,揭开锅盖一瞧,鱼已经煳掉一大半了。

姐姐心疼地将煳了的鱼倒掉,满脸沮丧地对我说:"真是'出师不利'呀,没办法了,看来今天只能吃泡面了……唉,都怪我不好,你以后做什么事都要用心啊,千万别学我!"

从天而降的作业山

包晨昕

"同学们,大事不好!因为我们太贪玩,学校给我们准备了山一样高的作业!""什么?学校从哪儿弄来那么多作业?"我一拍桌子,站了起来:"跑呀!同学们!山一样的作业,那可是写到死都写不完啊!"

我们背起书包就往外跑,等我们飞奔到校门口时,发现校门已经被连绵的"群山"给堵住了。仔细一看,"群山"全是由作业堆成的!"同学们,"校长站在"群山"面前,笑嘻嘻地说,"一人做完一座山就可以回家啦。"

天哪!我们正想到别处寻找出口,却发现学校已经聘用了十几个钢铁侠和数不清的机器终结者来看守我们。"无路可逃的,同学们,加油做吧!"校长和颜悦色地说。

我们只好返回教室,开始做题。"这哪里是学校,分明是监狱。"我小声嘀咕着,望了望终结者,他正用那红红的眼睛不怀好意地监视着我呢。

我们做啊,做啊,好不容易,作业山的海拔降低了一点儿。突然,新的作业像下雨一样落进了校园。抬头一看,我的天啊!

学校居然用飞机给我们运作业！再这样下去，我们一定会被作业埋掉的！

我们写啊，写啊，写了一年，作业山还是那么高。我终于忍受不了了，假装要逃出校园，把终结者吸引到了作业山旁。终结者向我举起了激光枪，在它扣动扳机的一刹那，我向旁边一闪。只听"轰"的一声，作业山崩塌了……

第二天，本地报纸的头版头条都是："奇闻——学校遭遇作业'泥石流'！"终于，我们解放啦！

我的高冷同学

曾易青

"嗖嗖嗖——",一阵冷风吹过。"呼呼——",天空中飘下了鹅毛大雪。我定睛一看,原来是那个高冷同学又来啦!

我们班的小A长着一张帅气的脸蛋,他和偶像剧里的男主角一样,爱装酷。这本来也不关我们的事,可是,他一装酷,气温就会下降。

这天,他摆着一张面瘫脸从我们身边走过。伴随他而来的,是一股冷风和一阵鹅毛大雪。经验丰富的我们早有准备,立刻套上羽绒服。上课的时候,小A上讲台交作业,刚刚转来我们学校的语文老师顿时打起了寒战,抖得像通了电一样,我们在下面看着都心疼。唉,多漂亮的一位女老师啊,估计下班后就得长冻疮了。

让人期待已久的夏天终于到了。这天,小A来到了游泳池边,打算游泳。他进去之后,正在游泳的人都愣了一愣,然后像炸了锅一样,全部冲出了游泳池。那天晚上,我打开电视,看到了这样的新闻:"因一位高冷同学在游泳池里游泳,导致游泳池被冻成了冰池。冷气沿着供水管道向全市蔓延,气温急剧下降。

据专家分析，我市将迎来建市以来的第一个冰川世纪……"

　　最近，这位高冷同学大概又看了不少"霸道总裁"剧，面瘫脸"进化"成了冰块脸。这天，他一如往常地滑着冰来到学校（因为太冷，市里干脆把街道都改成了滑冰场）。一个女生不小心撞了他一下，他用冰冷的眼神看了女生一眼，女生立刻被冻住了。学校见此情景，立马出台新校规——只要进入学校，小A同学就必须戴上墨镜！

　　小A同学，你什么时候才能放下你的"偶像包袱"啊？

家有木匠

魏 来

我的老爸是木匠。木匠也分好几种，而我老爸是装修木匠，负责室内装修。在我们的新家里，有好多东西都是我老爸亲手做的。

室内装修木匠主要负责吊顶（天花板装修），做木制家具和墙壁装饰造型等。老爸用的工具五花八门：刨子、框锯、钉锤、螺丝刀、卷尺、直尺、电钻、电锯、气钉枪、空气压缩机、红外线水平仪……因为老爸是木匠，所以我"有幸"亲眼见识了一回装修工作。

一天下午，老爸到邻居家做阳台的吊顶，让我帮忙给他递工具。老爸架好脚手架，爬上去测量墙四周的长度，确定好位置后，老爸便开始做四周的边框。他把电钻通上电，对每一面墙都实施了"毁容"——也就是打洞，一阵阵如机枪发射子弹般的"突突"声让我心惊胆战。打完洞后，老爸用钉锤把木条一一锤进打出来的孔里，方便待会儿拧螺丝。接着，他拿出材料，用框锯把它们锯成量好的长度，然后便开始固定。老爸一手扶着材料，一手用螺丝刀对准之前打好的孔，把材料用螺丝固定住，两边的材料接头处要削成四十五度角才能吻合。在老爸忙碌时，我发现，他移动脚手架时不用下地，而是直接用脚发力，他的脚一动，脚手架便乖乖地听话了。这招堪称神技啊！

接下来该做中间部分了。老爸把空压机通上电，又拿来一些长木条，等空压机压好空气后，便把它和气钉枪连接。他一只手把长木条扶在天花板上，另一只手用气钉枪对准长木条。只听一声如鞭炮爆炸般的声音，压缩的空气让钉子牢牢地将长木条和天花板固定在了一起，同时也吹落了天花板上的一些墙皮，那场面，犹如"天女散花"。反复几次之后，几根长木条与天花板紧密地连在了一起。

下一步是最后一步，也是最重要的一步，要用框锯把塑钢板锯成合适的大小，再用螺丝把它们固定在木条上，同时还要卡在边框的凹槽里。这一步做完后，吊顶便完工了。整个房间看上去焕然一新。老爸劳累了一下午，终于看到了成果。

做木匠，免不了发生意外。有一次，电锯把老爸的大拇指割下了一块，其痛苦可想而知。同样是木匠的姑父有一回不慎从脚手架上摔下来，不幸脊骨骨折。木匠更多的是经受刮伤、擦伤等小伤，但老爸并不在意，他热爱这份工作。偶尔，他还会和工友们到外地工作，连新疆也留下了老爸的足迹。

这就是我家的木匠老爸，他就像一个巨人，支撑起了这个家庭。

藏 书 记

李家俊

我最爱看科幻类图书,可是爸爸不支持,说会耽误功课。为了躲过他的监视,我真是煞费苦心。

一天,我好不容易做完了作业,拿起一本科幻书如饥似渴地读起来。

"儿子,你是不是又在看科幻书了?别不务正业,快去复习,考差了有你好看!"爸爸严厉的话语犹如一瓢冷水,把我兴奋的心泼得凉凉的。

我不敢再看下去,急忙把书藏进被窝,顺手拿起语文书大声读起来。人类大战外星人的漫画实在是太刺激、太吸引人了!爸爸刚走,我又忍不住把科幻书藏到语文课本里看起来!当我完全沉醉于漫画情节时,爸爸悄悄地来到我身后,在我屁股上拍了一巴掌,还把科幻书没收了。

中午,我趁爸爸午睡,又偷偷把书拿了回来,抓紧看了两个小时,在爸爸醒来之前,我又把书放回原处,溜回自己的房间,"专心"做作业。爸爸起床后见我学得很认真,微笑着走了。我忍不住暗笑,这一招还真灵,神不知鬼不觉的。可是科幻书有什么不好的呢？既能学到知识、提高写作能力，还能激发想象力……

就这样，我经常和爸爸玩躲猫猫——把书藏起来读。直到有一天电视里播放天文知识竞赛节目，我和爸爸比赛看谁答得对、答得多，最终，爸爸一败涂地，我大获全胜。爸爸十分惊讶，问我怎么懂得那么多，我就把这个秘密告诉他了。他笑着轻轻刮了一下我的小鼻子，说："你小子还真鬼！"

从此，我不用再把书藏起来看了，爸爸还专门为我订了好几本科幻期刊呢！

多说一声"谢谢"

陈一航

今天是开学第一天,我第一次到食堂买饭。

食堂里人满为患,你推我,我挤他。桌子已经被占满了,甚至还有好多人为了一个座位而争吵起来。

一共十六个营业窗口,有一个窗口前挤满了人,一开始我们根本看不到卖的是什么。同学拉着我也去排队,然后看到陆陆续续地有人端着盘子走出来,我们发现原来是菜浇饭,也听到了一些评论,说这个师傅做的饭不仅味道好,而且给的量多,每个同学端出来的盘子都是满满的。难怪这里排队的人最多。我排在最后面,根本看不到在里面忙碌的师傅,只听到不断传来的吆喝声:"别急别急啊,每个人都有份!"

过了一会儿,终于轮到了我。我看到了那个正在忙碌的中年男子。他看上去有四十多岁,中等个子,体型微胖,头戴一顶白色的厨师帽,穿了一件洗得发白的蓝色衬衫,腰上系了一条白围裙,上面沾了许多的油渍。他低着头,那双有着烫伤痕迹的大手忙个不停。

"小同学,你要什么菜?""哦,我……我要……这个、那个……嗯，就这些了。"他一边听一边忙着，等我一说完，他已把饭菜盛好了。接过这份香气诱人的饭菜，我下意识地说了声"谢谢"。

他愣了一下，放下手里的饭勺，围裙上擦了擦手，向我绽放了一个笑容，然后用疲惫的声音极为真诚地对我说了句："不用……不用谢！"

坐在餐桌旁，我感到心里甜甜的，餐厅好像一下子明亮了许多，同学们好像也不那么吵了，饭吃起来感觉很香。原来快乐如此简单。

我想，每个人都希望别人能对自己的劳动成果表示肯定。虽然那位给我打饭的师傅做着最普通的工作，只是做几个最普通的家常菜，但是，我们的生活能够有序地进行，不正是因为这么多普普通通的人们吗？在学校里，如果没有厨师，我们就会饿肚子；如果没有清洁工，校园就会到处是垃圾；如果没有管理员，我们的宿舍就会一团糟……正是这些普普通通的人，做着这些普普通通的工作，用自己勤劳的双手为社会做出了贡献，我们才能正常学习，我们的父母才能安心工作，社会才能和谐稳定。

让我们多说一声"谢谢"吧，送给这些为我们默默付出的人。中国自古就是礼仪之邦，不输法国人的浪漫，也不输英国人的优雅。希望大家能够对别人的劳动成果表示一份肯定与赞美，对劳动者表示一点儿尊敬和感激。

我爱家乡的"牛舞"

邢培培

家乡的"牛舞"真是妙趣横生。

在我家乡的市民广场上,彩灯似海,人流如潮,"金牛闹春"的"牛舞"拉开了元宵佳节大联欢的序幕。

踩着骤雨般的鼓点,两头"金牛"一纵一纵地跳上了舞台,好不威武雄壮。你看,它俩全身金光闪闪,好像披上了"黄金甲"。头上一对弯弯的大角似刀刃一样锋利,好似随时准备决斗。一双圆溜溜的大眼睛犹如熊熊燃烧的火焰,喷射着灼人的激情。四蹄落地,像柱子一样充满"牛"劲儿。一条钢鞭似的尾巴,在屁股后一翘一翘的,好像在炫耀:"看我,多牛!"

"金牛"在舞台中央摇头晃脑,扬首摆尾;胖胖的大屁股左右扭动;腿儿忽而上、忽而下、忽而左、忽而右地起跳;两只乒乓球似的圆眼睛忽闪忽闪的,好像天上两颗闪亮的星星;宽阔的嘴巴一张一合,好像在和春姑娘尽情歌唱。它们那一招一式,仿佛在绿毯似的田野上上演着一支"金牛迪斯科"。

随着舞点节奏的加快,"牛舞"的动作越来越快:旋风一样,是它们飞扬的尾巴;乱蛙一样,是它们蹦跳的步伐;火花一样，是它们闪闪的瞳仁；斗虎一样，是它们强健的英姿……多么豪放、多么火烈的"牛舞"哇，抒发着它们热烈拥抱春天的激情。

突然，两头"金牛"停止了舞蹈，它们仰望着星空，静立不动。它们是在回味春天田野上的无限乐趣，是在倾听远方春雷的深情召唤，还是在用心描绘"大闹春耕"的宏伟蓝图？

这时，它们又不约而同地低下头来，耸起肩膀，蹬着四蹄，卷起尾巴，身上每块肌肉都鼓凸起来，拉着犁铧，奋力前进。在它们开拓进取的身后，似乎掀起了滔滔的犁花，金色的麦浪……

啊！好一支"金牛闹春"舞哇，让人们的心儿都醉了。我爱家乡的"牛舞"！

唠叨的班长

李宗雪

都说《西游记》里的唐僧爱念紧箍咒，我们班的班长小明虽然不是唐曾，但他却会念"紧箍咒"。

这天，上课铃响了，小明清了清嗓子，摆出一副高高在上的架势说："这节课，咱们老师去开会了。老师让我带你们巩固一下上节课学习的知识。"一听这话，教室里瞬间沸腾起来。你看，那边的王晓丽拿出了她爱不释手的小镜子，竟然梳起了头发；赵小青左手拿可乐，右手拿零食，在那儿细嚼慢咽，看起来还很享受呢！小明班长忍不住了，连珠炮般地说："你们都在干吗呢？当我这个班长是空气吗？我说的话都没听见是吧？知识都学会了？练习题都做完了？"他这一连串问句，听得我们眼前直冒金星。紧接着，他又给我们来了一番思想教育："你们说，老师们容易吗？他们整天起早贪黑地给我们上课，家里的孩子都不管，你们就是这样回报老师的？我们整天背书都会背到'尊师重教'，可是咱们尊重老师了吗？没有！我们没有！你们这样上课打闹、玩乐、贪吃、梳头发，干什么的都有，这能叫尊师重教吗？"班长这一番话，说得我们心服口服，大家都受了感染，认真做起题来。

别看班长上课气势汹汹，只要一下课，他就像变了一个人。

"哎呀，小美，给我点儿呗！"这是小明在装可怜的小猫咪呢！他在向小美要什么呢？我过去一看，原来，小美的手里正拿着麻辣土豆条，而小明的眼睛则直勾勾地盯着土豆条看。瞧他那垂涎三尺的模样，跟上课时那个小明班长简直判若两人。小美见他怪可怜的，便撑开袋子让他拿。嘀！这一拿不要紧，他拿了一大把，一溜烟儿跑开，躲到角落里吃独食去了！

唉，我们班的这位小明，不仅唠叨，还很多变，一会儿变成威风凛凛的班长，一会儿又变成贪吃的小馋猫，让我说他什么好呢？

儿时的伙伴——泡桐树

赵鼎力

小时候，我跟爸爸妈妈住在西安老机场大院一栋三层红砖楼的顶楼。楼下有一排粗壮、高大的泡桐树，树枝都伸到了我家的窗台和阳台上。泡桐树的花朵和树叶不仅给整栋楼带来了香气，还给我的童年带来了甜蜜的回忆。

春天，泡桐树的每根枝条都开出了一串串粉白色、喇叭状的花。一天，小饭桌的朋友告诉我，泡桐花的花蜜很甜，可以吸食，我了解后可开心了。那天放学后，我迅速跑回院子，从地上捡了一朵比较新鲜的花，把花的尾部放在嘴里就吸。咦？没有想象中那么甜呀。于是，我看向枝头，把目光锁定在了那些特别饱满的花朵上。可枝条太高了，我够不着。于是，我捡起地上的小石子，砸了好多次，才砸下来一朵花。我捡起那朵花吸了一下，真是太甜了！

我兴奋地跑回家，将这个发现告诉爸爸。聪明的爸爸直接走到阳台，打开窗户，拿起撑衣杆一钩，镶满一串串泡桐花的树枝就到了跟前。我直接拿手摘花，贪婪地吸了一朵又一朵，觉得一朵比一朵甜。

夏天，等泡桐花落完，一片片翠绿的泡桐叶开始越长越大，大到盖住了楼顶和阳台。早上，我在鸟鸣中醒来，独自去阳台早读；傍晚，我和爸爸妈妈一起在凉爽的阳台阅读。感谢泡桐，给我们整栋楼带来了凉爽和快乐。

晚秋，一阵阵寒风吹落了泡桐叶，泡桐树把光秃秃的枝条指向天空，等待着下一个春天的到来。

一年又一年，泡桐树陪着我长大，长高。谢谢你，我儿时最好的伙伴。